冷
冰
川

凌
子
※
编
著

> 凌听

序

    有朋友说《凌听》不仅是一组关于艺术家的视频访谈，它更像是一部叙说艺术创作历程并切入当代中国美术史的列传；从内容到形态，都是当代艺术史的传记式呈现。

    得来如此评价，并不为过。十位艺术家的访问历时近三年，每一个环节都花费了大量的心思，每一个心思背后都是凌子和团队数不尽、看不到的功课。那些或幽深、或明亮，或隐、或显之处，艺术在，艺术家在，《凌听》也在。这些艺术或文化的地标已不仅只是此刻，而且包含了过去、演绎着未来。这一群艺术家将自身融入世界艺术史的长河之中，《凌听》恰好捕捉了这些素材，而素材的点点滴滴亦构成每一位艺术家的个人史，命名成各自独立的纪传体。

    同时，这一系列"传记"也并非是单线性的一家之言。2014年春经冷冰川介绍认识了凌子，我提议请当时尚在攻读艺术学博士学位的凌子，以观察者兼主持人的身份渗入节目,并邀请冷冰川担任《凌听》总顾问与艺术指导,于是有了凤凰艺术《凌听》的雏形。后经凌子的深度参与和统筹,视频编导刘慧等组成的凤凰摄制团队所实现的视觉与剪辑上的精益求精,最终呈现为内容与图文、视频都极丰富的作品。诗人、艺术家兼顾问冷冰川,为每一位被采访艺术家撰写了独特观察经验与风格的《冰川视角》(即本书中的"冷眼"部分);主持人凌子以她深情的文字和磁性的配音呈现出每一集的《凌子手记》(即本书中的"凌听"部分);"夕拾"部分则呈现了与艺术家们的精彩对谈。经万般打磨后,《凌听》最终呈现于观者面前,从而达到介入艺术史、参与艺术的一种表达。

于是,这样一个系列的艺术家个人史,绝不仅仅满足于对个体的描绘,而是以专业性与文献性为基石,在全球化的视角下关注中国艺术文脉的生命与价值本质。我们一方面可以从冷冰川、杨明义、徐累、白明、尚扬、何多苓、毛焰、施慧、季大纯、沈勤这些个体的身上看到时代赋予的印记,另一方面又可以聆听到他们作为艺术家为这一时代所做出的种种回应与坚守。

当代何以成史?参与艺术史是艰难的,因为绝大部分的人、事或资料文献最终会失去意义,被艺术史自动剔除出去。但也正因为此,我们才更需要聚焦那些非常具体、丰富,同时又代表某种抽象理念的个体——无论是作为访谈者、亦或传播者，我们都相信在多年之后回首时，这一组对话与探索仍然逸趣横生，并成为理解这个时代意识与美学的重要切片。

这不仅是因为《凌听》团队对艺术审美的高度敏锐，对语言文学性的坚守与偏执，以及对视觉效果、听觉感受表达的精益求精；最为重要的是，无论是冷冰川、凌子，还是凤凰艺术的团队，对这个时代所坚持的自觉意识与使命感。

无论通过何种方式，在与当代艺术史发生关系的时候，既不盲目，也不冲动，更多时候选择聆听。我们即是媒介，人们可以以此去聆听艺术家内心的声音，同时，也可以从这个媒介观察并一窥当代艺术最有可能的价值。

凌听的他们

《凌听》创造了一种诚挚的智慧和一颗心，实际上这是艺术节目里困难的事情。艺术节目、艺术家里有很多的老套路、老狐狸，而我们不是，一点都不是，一个都不是。

——冷冰川

凌子发信说,她在从乌克兰归国的飞机上,在微弱的机上灯光下一气呵成地完成《凌听》关于我的手记。拿到凌听,已是凌晨两点半,对着星光,我的追求,我的苦乐,我的一切的感受的历程,全部由她细细道来。我感动极了,于是我的"凌听"开始了……

——杨明义

徐景

《凌听》是一个能展示艺术家思想和工作的孵化台，凌子以个人解读的方式，实现了双方平视的交流。其实观众就是一个个"个体"，这样的角度就非常有代入感，亲切、自然、如影随行。看《凌听》，如与被访者一起散步，一起作散文，一起在思绪的天空散放烟花。

——徐累

十期的《凌听》，呈现了十个不同艺术家的世界，那短短的一段时间容纳了艺术家与《凌听》独特而鲜活的空间，被人记住，还常常被提及。被《凌听》的艺术家们也通过这个栏目另眼看了一回自己。我曾跟凌子说，七年之后再做《凌听》或许更有意思，经七年沉淀，让艺术家及人们重新看待这个艺术的栏目将是非常值得期待的事情。七年之后对《凌听》的再聆听、再诠释，可能会显现出这个栏目的真正意义。

——白明

高扬

2016年清明时节，我们来到三峡库区。冷峻的水泥堤坝上，一大簇纸絮的花在风中摇曳，银色、白色的纸花在阳光下，在库区水面的衬托下，特别刺眼。移民千里迢迢来祭奠他们逝去的亲人，他们的亲人在这水下一百多米以下了……周全和我匍匐在堤坝上，拍下了这些在寥廓库区的寒风中抖动的纸花。

凌子、冰川、刘慧、彦祖、周全和我，我们在水库边的台阶上，面对这纸花后波光粼粼的水面，坐了很久。阳光耀眼，但是很冷。

——尚扬

本来一想三天的采访时间够长的，你们来之后，觉得很好玩，三天也不算耽误。采访得非常好，我们交流的时候非常方便，容易放松。

——何多苓

《凌听》不放过艺术（家）的蛛丝马迹，让他们自说自话，呈现各自的经历以及精神状态，呈现一种质朴而独特的艺术之旅，以图文并茂的形式呈现，更是令人期待！

——毛焰

《凌听》触及你内心深处的那一丝敏感；语言清晰却包蕴细腻深邃的哲理思辨，语词美丽却没有浮夸、炫耀、做作，有的只是对艺术的真诚。

——施慧

大纯

《凌听》像一朵花，曾经见过，但不是玫瑰、百合或水仙，也不是向日葵。

有一个小小的遗憾，就是那些抽烟的画面一个都没有留下。

——季大纯

沈勤

那天，北京沙尘暴，偌大的京城空荡荡的，垃圾桶翻滚着在街上乱窜。凤凰卫视巨大的玻璃穹顶，像极了火星基地，我和凌子对坐在天台上，四周阳光弥漫，凌子甜糯的语音笑声，在玻璃穹顶下弹跳着。那天的我被凌子的化妆师剪了个傻蛋的发型，对面的凌子看着我，一定有些忍不住想坏笑。

——沈勤

> 冰川的密码

冷冰川

· 1996 年获荷兰格罗宁根大学绘画艺术学院硕士学位，2014
年获西班牙巴塞罗那大学美术学院博士学位。
· 曾经于巴塞罗那文化中心、巴塞罗那奥林匹克艺术中心、何
香凝美术馆、苏州博物馆、上海美术馆、广东美术馆、今日美
术馆、列支敦士登国家博物馆等举办过十余次个展，参展第
57 届威尼斯双年展"记忆与当代"、2018 年米兰设计周等。

出版著作及画册：
· 《冷冰川》(Sikra)
· 《闲花房》《七札》(生活·读书·新知三联书店)
· 《冷冰川》(故宫出版社)
· 《冷冰川墨刻》(海豚出版社)
· 《名家名品——冷冰川》(浙江人民美术出版社)
· 《中国名画家精品集——冷冰川》(河北教育出版社)

作品收藏：
· 中国美术馆、广东省美术馆、关山月美术馆、南京博物馆、苏
州博物馆等

卮言

黑色给我提供的明显好处是
一块儿适当的背景
可以杀人放火
我只习惯手上天然的力量
我只习惯动作的率真和它带来的美感
我没有玩过比这更多的欢欣
我喜爱优美的身体
我爱这种无理性判断
无法解释的事
我画的是人的生机
我反复表达的就是那个无邪
就像朝霞里的星星
芭蕾中的精华
冰川流逝了
我依然在这里

凌听

冰川的密码

遇冷——北京

遇见冰川,遇见的不是冰川,是火山。

应是某一个夏日的午后吧,见到他先是高大的背影,略驼,带着天然的来到新地方的一丝小小的紧张,甚至有拘谨和羞涩。可是分明,他的画里都是娇媚慵倦的少女们的身姿,都是纷繁瑰丽、情色撩人的表达。那一刻,突然想到他曾说过的:让灵魂在作品中一次次冒险,并能把自己的欲望表达出来,真是幸运。

见面的晚餐就在一家平常的小饭馆内,白菜粉丝倒也津津有味,未曾料到,谈兴也浓。没有第一次见的陌生感,许是我们之间很多有交集的朋友,更许是我们同样的对人事的好恶,直率而天真的表达。

一点点小小的口吃,带有南方口音且有些沙哑的普通话，不仅未能为他的谈吐减分反而增加了许多他谈话的特色和风格。整个夜晚所有的聊天记忆就只剩下最美的描述：故宫、月夜、张爱玲、小团圆、青春、欲望、创作、追忆、夹竹桃、最后在夜的如花的伤口里追溯深情的痛……

为我三岁的女儿亦心创作，是熟稔的开始吧！几番回合，确定了花和少女的主题，面没有见过，但真真是用心在做，是承诺或是亦心天然的美打动了他。去北京的家中取画，一如既往的素朴雅致，家具简单、清雅，招待我们的不是咖啡、不是茶，只是两杯清水，如他的人一样。

画室，没有画桌，仅墙上靠着几张新近的作品，一列同样黑色的卡纸上，我立即看到了，花团锦簇中笑语盈盈的亦心，那应是十六岁的亦心了。无邪却充满内容。是我想象中少女时期的亦心了。冷冰川先一步到了。如此敏感细腻地刻画，那浑厚的黑黑黑，勾出的线条让人胆颤心惊，幻灭、真实、入世、出世。是上帝的手吗？亦心又何其有幸。

好吧，正如你所写的：认真，就别做过分的抒情。那且就当所有的描述都是对你的猜想。

寻冷——巴塞罗那

和《午夜巴塞罗那》故事发生的季节一样，我们也在那个盛夏光年来到他和关关在巴塞罗那的家。逶迤的城市，张爱玲也是如此在繁华的居所写出她清冷的文字。而冷冰川，那阳台上有着中国花窗格的家对着的是二十四小时不间断的鼎沸人声的酒吧。喧嚣的兰布拉大道,那种乱,出乎意料地让我替他慌张。但他依旧是笃定寂清的,早餐是楼下的小片面包,三两颗青橄榄,薄薄的几片哈默。一天的开始,没有特别的意义,尘世间再多的喧嚣哪里抵得过他思绪的千肠百结,汹涌暗潮。

　　冷老师替我们拎着所买的物什,匆匆地穿过一条又一条巴塞罗那幽深暗沌的小巷,上坡下坡,转角,侧身寻到毕加索美术馆,加泰罗尼亚广场,著名的四只猫餐厅。一路上步履飞快,并不停与我们讲述关于巴塞罗那有趣的人和事,讲述极生动,用的词语让你感觉贴切又意外。偶尔遇到精致美好的小店,会停下张望。你会奇怪的发现,巴塞罗那的大街上,如潮的人群摩肩接踵,可是拐入深邃的巷子,一下子全部没有了,空空如也;涂鸦的大门,种满鲜花的露台,大大的落地玻璃窗,各种颜色斑驳的墙体,空气中洋溢着颓颓的懒懒的时间流逝的气息。这一刻你想起梁洛施的《伊莎贝拉》,也是那样窄窄的街道,深夜,少女的她和她的父亲一起醉酒、奔跑在暗红色狭小的街道。此时,你脑海中也会特别强烈地出现出这样一幅画面,广场上,熙熙攘攘的人群,挤在一起,谁也不认识谁,谁也看不清谁,慢慢地定焦在冷冰川的脸上,他脚步匆匆穿过一条条小巷,走向美术馆,走向学校,走到咖啡馆,走到海边……有时与他的爱人一起,多数时是孤独而漫无目的的……一走走了二十多年。

我认为,他是享受的,他是天然的人,非要有快乐才愿意工作的,不然哪里来的动力一天坐上十个小时,一张画画整个月,甚至更长。

在巴塞罗那,至少所有的人和事与他无关联,他的内心自由得可以任意驰骋飞翔,冒险。可当他无限度接近自由之时,又告诉自己不能放纵自由,那会有纵情的痛。一直抱怨北京噪而喧嚣,是人心吧,绝不是指身处的环境。

巴塞罗那的画室里,堆满了各种书籍、画册、画框,凌乱却安静。不再单纯是黑白的墨刻,用剩下的茶叶渣、中药面膜、丝麻等剩余的材料放置到了他的作品中,和别人不同的是,他有着超强的动手能力,他用他高超的技艺抵达着他想要的那种属于他的艺术的感觉。原来,我们所遗弃的并不是我们该遗弃的,放到了适当的位置,让无用变成了有用。当我们发现舍弃的不一定是无价值的,那么我们自认为拥有的就一定是有价值的吗?

多少人在这纷繁复杂的世界里,内心是荒芜却冷漠的,而冷冰川剥离所有繁华物质的外相,留下本真自然的东西。就像他画中的女子,坦荡而不害羞,轻剪罗裳后呈现的是很松很松的姿态。

夜深了,在加泰罗尼亚广场,你认真地告诉我——其实是告诉自己:我下来就是想把我的黑白再往极致上走,往下走,走到我要到的极致。

笔底,纸间划过的每一刀,都在与自己纠缠,没有什么技术的奇迹,能比得上真心一刀。

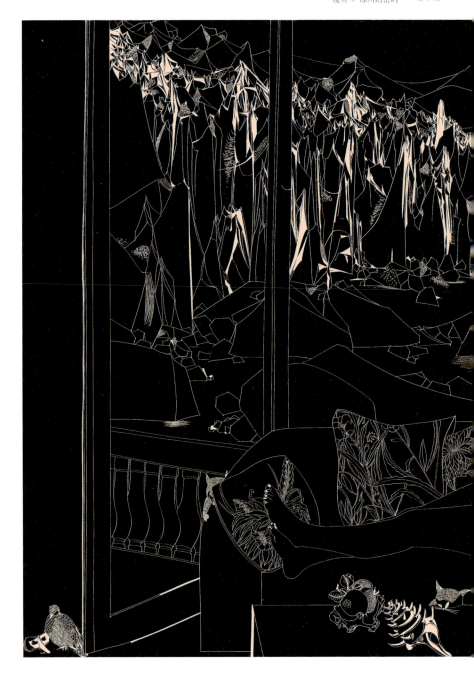

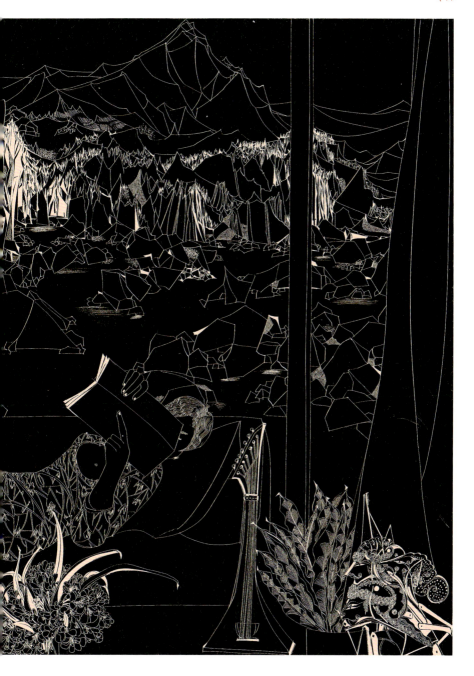

我一直记得他告诉我的那句话：我从来不是主流，我只愿做一株奇花奇草。

论冷——南通

苏州到南通，一百零七公里，我从未踏上过这片土地。很想知道那个生涩的他是怎样的。那个秋天，来到冷冰川童年生长的那方水土，触及属于他生长的大地的气息、诗意的果实。

他和我见面的第一句："这几天，我都不拉窗帘，月亮正好很亮，照得斜影很长，我就坐在那儿，想很多事情，很快乐很满足。西班牙的月光也很清澈，也能照到家里来，但好像少了诗意……"

不用找寻，诗心和童心都在这里。

寺街上，和好朋友手拉手并排上学恶作剧，少年时爬上文峰塔顶敲响钟楼的钟声作鸟雀散，青年时在韬奋印刷厂疯狂地自学，模仿着夏加尔描绘的初恋的男女在天上飞。他也在疯狂地创作着属于冷冰川的连环画，那个时候，激动的创作中，手是抖的。

那岁月里珍贵的疯狂而又奢侈的求知欲。他随心所欲地创作，剪纸、蜡染、刺绣、绘画，最喜欢的是手工的本真性、原始性、唯一性和各种材料的即兴运用。早年的创作冷冰川都是从外国文学里找寻灵感。他的诗歌是线条的创作，那段时期，他大量地阅读，画了大量的插图、连环画，临摹了各种图式。他的作品，从来没有特定的时间和空间，他画的是记忆。实相的属于家乡的也就是墨刻中黑压压的屋顶了。

画中的每一种植物都有他赋予的寓意，也许只是随性并不是刻意。图腾是他的故意破坏，害怕太甜，故意生涩，不对称。画里的乐器都是不弹奏的，闲置的美感让人遐想。大雁的动物的修辞带着温柔的阴翳之美。

所有的猜想都是冰川的密码。一路走来，聆听，感受。寺街文峰塔的钟声，狼山的夕阳，濠河的渔火，梅庵书院的月夜，最终幻化成他略带沙哑的嗓音，那低头的思索，叙述在欲将流下的眼泪前戛然而止。不纵，而是让知者去触及平静背后的暗潮汹涌吧！这是我想追求的。

冷是一种态度、冰是一种温度、川是一种宽度。

冷眼

朱青生 / 文

　　冷冰川的艺术是世界艺术史在中国文化中的
际遇的典型个案,他既不是一个传统主义画家,也
不是一个西方学院主义画家,而且疏离于中国当代
主义艺术运动之外,完全依赖其极为奇特的才能,
在他温厚的为人处世之间,将骨子里面异于同辈的
对视觉感觉的敏感,与不动声色的反叛结合起来。
这种敏感是一种天赋,确实很少见,幸运的是他在
人生少年时就用这个天赋进入了一个正确的行业,
去做一种画,这种画就是刻墨。

　　他的刻画慢慢形成了自己的风格,这种风格是
他的独创,有历史的机遇,也有传统的渊源,或者称
为艺术史的渊源。因此,他自己将这种作品称为"刻
墨",这个称谓很准确。

　　每次看到他的画,都被他画中的一种形象所吸
引,因为他刻画得优美而妖娆,有时过于"漂亮",这
种"漂亮"引发一种人和色相之间的幻想,是看者
沉迷于感官的愉悦,犹如似是而非将到而未至之暧

昧。这个色相并不是一味的情欲，而是经由刻画出来的细致坚挺的细线铺排而成的，以及这些细线之间被挑拨、残坏和折磨而构成的一种图像的关系形成的视觉盛宴。这种关系形成一种魅惑，只有在他的图画出现在眼前的时候，平面上才会制造出一个既是空间，又是图画；既是想象，又是梦幻的结果；但是盯着画幅，形象又好像不在画里面，离开画面，形象虽在心头，又无从忆起，大概他画中的那种吸引人的形象发生在当场观看时人与画的相遇之中。线在其中起到的作用有点像诗歌里的韵律，每一条线都在对形象的依附和超越之间，就像韵律在对物象的依附和超越之间，确实画出了具体的对象，或美人花草，或风帘云霞；而超过线表达对象的，却是出自他的特殊手段，被他表现的对象永远在线的交织、排列、分叉、动荡和纠缠中显示出自我的形象，形象似乎时刻躲闪、隐藏到了线自身的组合和结构里面，盯住了看似乎又化在一根根线里面，不盯着看，形象从线里逃脱了出来。这种造型的特殊能力就是画中的诗意，诗意超过了形象到达境界，却或有或无地在面前闪现，终于消失；而当面对画面的时候，它又再度动荡流变开来。这样一来一回就使得每一次的重新观看都非常有趣，这种观看就成为不间断的观看，对一幅图画的欣赏也就变成永无止境的欣赏。这就是我觉得冷冰川特殊的才能留给艺术的贡献。

我们从事当代艺术研究时，首先是在考察一个

人能对艺术到底做出什么样的根本贡献,以评论和看待一个艺术家的作品的价值。特殊才能营造的画面效果经常被有意识地忽视和悬置,因为研究者警惕自己在面对一件美好的作品或者一个艺术家杰出的才能时,被艺术家的能力、情性所吸引从而出现了一种沉迷的状态。所以我觉得这位温厚的冷冰川却在其冰冷的表面之下涌现出一种川流,而这种川流中间是一种岩浆,这种岩浆的温度在表面凝固不动中蕴含着爆发的力量。因此,当冷冰川把这种力量冷冷地用黑的底子和细腻的线条来表达的时候,这种力量就会变得尖刻而深沉,并且拨动人的心弦,让人一触则忘记戒备,任其诱惑驱使。也许他的线条就是一种从不同人的肉身里拈出来的"心弦"吧。

冷冰川的手法,除了其图画本身的超越于技艺的意蕴之外,他在技术上还有一种艺术史上的特殊贡献,即刻墨。

关于刻墨,它分为墨和刻两个方面。

墨如何承载质和光,成为一种奇特的衬托? 冷冰川的墨,上面有一种光,这种光本来是中国的墨的缘起,经过千年的等待和观望以对应天地间精华的吸收,油烟和松烟燃烧的是在深山里成长的树木,经过燃烧,收集烟尘,在寒砧上伴着风雨锤打千万次,产生为一种特殊的颜色。墨之黑呈现出来不是煤黑,不是炭黑,不是油黑,而是一种轻盈而收敛的烟黑。似乎带上了在山中烟霞具有的轻盈之光亮,将天地流动吸纳于其中。每个艺术家用墨的原由不同,信念不同,墨的质量因而获得不同的呈现。如同我们看到德加的画,如果不是通过一种 monotype 单色油墨的技术,一种发自中世纪天主教圣像作坊的渊源,不可能出现那种偶然的、指间印痕的效果,德加用这种油墨的效果带出了他作品的一种迷茫以及或有或无的松懈、松泛的感觉。由此,不同的墨带起的是一个文化的记忆。冷冰川的墨的记忆有绵远流长的渊源,从墨写在竹简绢帛上的痕迹,一直到成为碑铭、成为历史、成为永恒的象征,然后再进一步地被人锤拓点染下来,把这种文化的记忆反复地吟诵,反复地传播,最后成为对人的本性和人的作为的一种超越,以及对生死的超脱。人意识到自我的生死必将到来,但只有用永恒才能把这种局限放大为无限的可能。所以在墨里面,在其幽暗的光里,实际上已形成了对无限的永恒的追索,而这种追索因为其幽暗而变得无穷无尽。

　　再说刻。在冷冰川的刻墨图画上,刻同样是痕迹。这条痕迹在墨底上呈现为白色的纹路,远绍中国过去的拓本,汉代的绘画,其实就是浮雕和线刻的拓本,以至于人们忘却了这些作品原来是门阙宫墙陵墓上的石头雕塑,而将之认作墨底白线的图画,史称汉画。更进一步把汉画当做汉代艺术的代表,所谓浑厚,所谓博大,本来并不是汉代艺术的特征,仅是因为石雕变为汉画,一如刻墨,

造成千古误解,竟把墨与线的印象,错作汉代原本。再到后来,碑刻大兴,留下法帖,带动中国艺术的核心审美价值流芳千古,曾经用来记录历史,也记录了图像文明的道路。近代以来,在西方文明的影响之下,中国艺术家,包括冷冰川本人,都是长期地在西方的绘画方法的教育之下,把 mimesis(模仿造型)当作是艺术的重要来源,这在任何一个经历了新文化运动的中国现代艺术家身上都不可能避免。但是,艺术家可以避免的是受其局限,在探索的过程中重新把一根线看成是一个独一无二的存在,并且在线里面找到人的存在的意义的寄托,那么这根线就脱离了其形体和形态,具有了本身的力量,这种力量会发展为一种痕迹,这根痕迹正是一种“刻”,一刻,直达秦汉,深得汉画之三昧。刻,因为其深刻,因为其摹刻,因为其刻琢的方法,线条迟疑和平滑,从而使得我们很多无尽的、永恒的追求变成个性的显现,由此与碑刻传统勾连。刻墨,墨上再刻,这条刻线又是什么呢?这条刻线实际上就是碑刻的来源。碑刻实际上是刻在墨底上出现的白线,这种白线把黑白颠倒,在颠倒过程中,这条线就有了一种执着的力量,它就迟疑起来,它就不再仅是一个线条,而是一条线条在耕作、在迟疑、在腐蚀的过程中产生的感觉。一旦这种感觉再被流动化,这种流动的迟疑就变成了冷冰川刻墨的品质。

　　刻墨作为一种方法由此而建立起来,我们看到了这一点,看到的就不仅仅是一个艺术家的杰出的动人的作品,而是一个艺术家对于文化的创造和建设。

夕拾

凌：他是一种温柔的利器，他用手中的一把刀，温柔的剔除粗粝，留下了一枝一叶的一尘不染。他是一片天青色的瓷器，含蓄素朴，是两宋五代真正的东方韵味。他的艺术有一种骄傲的、不慌张的、耐人寻味的形状。他是诗人、画家、笔者。他是任何材料的知音。他是冷冰川。

冷：黑色给我提供的明显好处是，一块适当的背景可以杀人放火。我只习惯手上天然的力量，我只习惯动作的率真和它带来的美感，我没有玩过比这更多的欢欣。我爱这种无理性判断、无法解释的声音，我画的是人的生机，我反复的表达的就是那个无邪，就像朝霞里的星星，芭蕾中的精华。

凌：与冷冰川相识是多年的事情了。印象中他本身就是个矛盾的存在，生于江南，却身形健硕，年近五十，目光中仍闪烁着孩童般的天真。你很难想象，这些漆黑中恣意伸展的白色线条出自这位昂藏七尺男子，就是这些惊心动魄的线勾勒出了深沉的夜、奇异的花,和那空旷房间中的美丽女人……

冷:画这些人体的时候,没有当成是个女人画的,她只是个人和自然。因为女性的线条可以表达得很柔美,画的一个结构,画的一个优美。我不是画的写实,我其实画的就是自然。我只是需要这么一个女性,没有模特,理想中的人体。有些有参照物,有些没有参照物。参照物也是按照我的趣味,按照我的构思变形的。

凌:我想仔细分辨冷冰川作品的中的花草万物,他们仿佛只存在于冷冰川的世界里,但当我去探访了他的家乡南通,走在濠河两岸,登上文峰塔顶之时,那些线条逐渐变成了真切的存在。他们仿佛是冰川纯朴的童年发出的邀请。

冷:童年就像卡在喉咙里的刺,不是那么容易取出来的。因此,实在也找不到比童心更沉重的心,就像是最伟大的感情,常常如同深深藏在泥土之中的根。你现在看到的全部都是那些痕迹,这些老的、灰色的墙,天天从这儿经过,拿把刀从头划到尾,一直到学校。所以我的记忆里,斑斑驳驳江南的那个墙,和我后来画布上的痕迹还是有点关系的。最后我留下的剩余的东西,就是留在画布上的、记忆的东西。

冷:我有时很容易把画画得很优美。我怕它太甜了,就总喜欢搞一点破坏的东西。损坏,让人产生多质的歧义和难题,就像我画画、创作不打草稿。随便把人体画在任何一个地方,有时候就真的是很大的错误。但是，往往我有兴趣接受这种考验，我用很多别的方法，把它反复矫正，拉、扯……把这幅画又画得看着平衡，那就不会有很平庸的构思。我就想走极端，故意走偏了。

凌：我觉得你特别喜欢用"性"和"灵"两个字，讲讲你对这两个字的理解吗？

冷：我不善于表达，要说"性、灵"这两个字，那你就把它理解成深刻动荡的灵魂吧！有些字可以意会，我说不出来。我画布上的创作理想是做减法，减即是增，减去多余的形态和情绪，提炼出纯而浓的诗意图景。只用一两根点线点，但是又很完足的精神表达，那是一种中国人的、极致的表达。

冷：当我不能不表达的时候，任何静寂都让我无法忍受。人说我烂漫，不是的，是我比别人真诚而已。要是没有必要，就永远不要超过童心的高度。

凌：不想结束和冷冰川的这段访谈。在他的身上我感受到了诗心、童心和赤子之心，正如他的《无尽心》所展现的。他就是这样，无来无去，天真素朴。

流霞

> 江南有义

杨明义

· 1987 年赴美留学,毕业于纽约青年艺术学生同盟。
· 开创了吴门绘画的现代新生面,首创水墨水乡画的新体式,
其意义已远远超越了江南景物的本身,具有留住乡愁和传承
人文的重要属性。
· 1978 年因创作《水乡的节日》一画在写生中发现周庄,并把
周庄介绍给世人,被评论界称誉为"发现周庄第一人"。

主要展览及获奖:
· 1981 年作品《水乡的女儿》获全国版画优秀奖
· 1982 年作品《江南渔村》《白兰飘香》入选中国首次赴法国
春季沙龙画展
· 1989 年水墨画《杭州西湖》被选印成特种小型张邮票在华
盛顿举办的第二十届世界邮政博览会和中国杭州同时发行
· 1997 年获"第五届全球中华文化艺术薪传奖"
· 1999 年水墨作品《雨中江南》在华盛顿获"二十世纪末亚
太艺术大奖银奖"
· 2009 年《姑苏瑞雪夜》经法国美术家协会严格评选荣获特
别独立艺术家大奖
· 2018 年获白俄罗斯国家美术馆颁发的最高艺术成就奖

作品收藏:
· 纽约大都会艺术博物馆、伦敦大英博物馆、白俄罗斯国家
美术馆、中国美术馆、中国国家博物馆、苏州博物馆等

我爱江南
云散
雨晴
心舒
情畅
流年如水
人生如寄
水墨江南
我生命中最美的诗篇

戊寅正月初三階逸赶川尌嚶走峻見田横柴列後之歸訶風姑蕲備

凌听

江南有雨吗？

1987 年，他坐在纽约曼哈顿公共图书馆翻阅画册，收到了来自台湾作家张曼娟的一封信。

明义先生：收信平安。

去年暑假，由大陆返台后，苏州的雨，西湖的雾，南京的梧桐，持续地，交替地，在梦中出现。展开您的《江南有雨图》时，我惊叫出声，因为梦中景象呈现在眼前，比真实更真！应该用怎样的字汇表达我的感激？平凡渺小的小女子如我，怎能坦然接受这样深厚的人间情份？

真高兴，我此刻在台北，自在愉悦地给身在纽约的您写信，为的是一种美感的激动。谁能拒绝美？下一次，也许在苏州，也许在纽约，任何时间，任何地方，中国人说："人生何处不相逢。"此刻，《江南有雨图》悬在墙上，将在不经意间聆听到雨声或水声。

这段画家与作家浪漫的际遇发生在 1987 年，

当时,杨明义离开家乡苏州远渡重洋到美国纽约已近半年。

1987年到1997年,十年,从寄住在王季迁森林小丘的家中到位于曼哈顿中城的纽约青年艺术同盟学校,最早的那班地铁,老时间,老面孔,老姿势,他斜靠在扶栏上,对着来去上下的乘客画着速写:窗外未成名的音乐家在卖艺,熟睡的婴儿,亲吻的男女,读报的上班族,嚼着口香糖的学生,盲人和他的导盲犬……十二年五千多张速写,难以想象的沉甸甸,这却全然是他的自然而然。

张曼娟说,谁能拒绝美?是的,哪怕在地下室租住着的他,路边捡来奄奄一息的花花草草都会被他那柔软慈爱的心灵重新注入生命而葱葱郁郁,以换得满室的芬芳。这是一种执念,在刹那限量的生活里也要追求极量的丰富和充实,绝不会为将来或者过去放弃现在的体味和追寻。

在纽约SOHO卡罗琳·希尔画廊里,有来自美国、法国、西班牙等世界各国不同风格的著名画家,杨明义自中国而来,他典型的湿漉漉的江南水墨和其他西方缤纷的画作一起陈列,反倒是显得清雅而不一般。

画廊老板卡罗琳·希尔是老布什总统的音乐家庭教师、钢琴演奏家。在音乐家的眼里,他的水墨,他的江南,虽然现代,却很古典;虽然静止,却很律动;虽然简朴,却又复杂;像无声的诗,有音乐的节奏之美,描绘出一种难以言表的情致,唤起了对

老屋

水乡的神秘感。

而我是极爱他这段时期的江南的,他是蓝色的诗,是永恒的忧郁:一只孤独的水鸟栖息在一条被遗弃的小舟上,背景是阴郁的天空。这是一种悠久的、深沉的忧郁,使人不禁联想起诗人岑参的名句:"清溪深不测,隐处为孤云。"

然而,孤云终究是要飘回故乡,飘回苏州的。

1998 年,我们在苏州的电台直播室遇见了,我做主持,我们在黑暗中相遇,坐在我的对面,彼此的心却清亮朗澄,他带着宽厚沧桑的笑容,沙哑低沉的音,娓娓道来许多往事,关于艺术,关于人生。

顾城那句背熟的诗句,在此刻真的特别的应景:黑暗给了你黑色的眼睛,我却用它寻找光明!

直播间,一盏橘色的台灯,投射在桌前,像极了那年近日楼的月光。

那年那夜今夕何夕!

1967 年的秋,某日半夜,他被姑苏城的武斗枪声惊醒,迷糊中睁眼望见,室内月光如水,顿时激动起来,摸黑找出了画具和纸张,用水墨就着月光画下了一幅月光下的书房,画面质朴幽静,没有颜色,只见心情。第二天,睡在一板之隔的父亲问昨夜的响声是否是他在画画,可为何不开灯。他答道:要知道,一开灯,就会赶走这满屋明亮的月光的,月光使画家暂时忘记了周围的一切。

一开灯,就会赶走这满屋明亮的月光的。原来江南的美,可以是诗意,是意境,更是江南人骨子里藏得很深很深的对抗性。那个年代,在一片喧嚣混沌中,竟可以固执地为自己坚守着那份美,应是源于一位江南文人骨子里对美的自由自发之心吧。也就是从这幅《月光》开始,奠定了典型的属于杨明义独有的轻盈、深沉、静谧、极富意境,充满诗意的浪漫主义水墨画创作的格调。

这幅《月光》的故事发生在杨明义先生近日楼的画室里,由叶浅予所题:"明义住处阳光满楼,因为题名。浅予1978。"

这里邂逅了太多的名家墨客,记录下了太多的故事和传奇。

那天,我与他电台的访谈节目结束了。彼此的交往却开始了。

1998年农历正月初三,杨老师邀我同去东山的近水山庄探望亚明,刚要离开,突遇亚老发病,他立刻飞奔回亚老处背起他急速往最近的医院赶。

其实,他的一生有多少次这样拼了命的飞奔呢?

少年时,他飞奔于图书馆和各个同学间借唐宋元明清各时期的经典图片,日以继夜地浸润在古人的艺海之中废寝忘食地临摹。

美专求学时,他背着画夹飞奔踏遍了吴中山川,留下几百张清新的水彩作品。

"文革"中,五七干校劳动时,偷偷学会摇船的他,飞奔于各水乡城镇间,留下一批水雾朦胧充满江南风情的速写。

"文革"结束后,为找到一直想找的水乡小镇而飞奔,直至发现了周庄,画出了《水乡的节日》,创造出了当时令人耳目一新的水墨江南。

此后,画家的他一直在路上行走着,为追赶在太阳升起前看到峡谷美疯了的日出而飞奔,为在太阳落山前看到古桥的夕阳而飞奔,为拍到覆盖着积雪怕融化的自行车而飞奔,为创作江南百桥,已不知为了这一百座桥在小镇山野飞奔了几百个日日夜夜。

诚然,多数,为了艺术而飞奔,有时也为了他爱的艺术界的前辈们而奔走着!

为亚明,为李可染、吴冠中、黄永玉,为黄胄、傅抱石、叶浅予,甚至还有沈从文……

1973 年,他飞奔到车站,挥泪送别与他共度十多天的黄永玉老师,离别的站台,老师在车厢内大声喊道:明义,把手中的三角刻刀要磨磨快!

1974 年,黄永玉因画猫头鹰受调查,非常时期他飞奔着寄出那封给黄永玉的信件:老师,这里无事,勿念!

1975 年,他塞给去南京的陈丹青一纸叠成手帕大小的水墨画,是黄胄托他送亚明的,定要亲手交到,丹青好奇偷偷展开,是墨色如新的枝枝杈杈,画着满纸的鸟雀。

原来,那一辈的画家在那样的年代是如此靠着书信画作暗中偷偷地递送着温暖与牵念。

1981 年北京中央美院的求学时光,他又飞奔于各个他所敬仰的老师家中谈艺求道直至最后一班地铁关闭，月光下，只得沿着长安街的红墙奔跑着回到学校。

1983年，他和沈从文匆匆地散步，从九如巷到马医科的近日楼，三十分钟，风一般的两位男子风一般地疾走，两人边走边淋漓畅快地聊天，如果不是见到墙壁上悬挂的沈从文先生当年赠予他精妙的蝇头章草，我定认为这只是电影中讲述的传奇。

1985年，他又带着吴冠中夫妇飞奔在无人的周庄小镇写生创作，临别在赠予他书的扉页上留下："此中感受往往与明义相遇。吴冠中1985年5月于周庄"的深情字句。

正如冰川老师的文中所描绘的：这种艺文情致，在如今的创作里是难遇见了，因为没人肯这样感情用事了，也没人肯相信感情用事了，这是诗的价格。

因为，这个苏州男子的内心没有冬天。

他画江南雨，天空氤氲，却绝不沉重，忧而不伤；他画江南雪，厚重感、透明感却大气蔚然，他画江南的夜，墨黑的天空星光灿灿，却多半是晴朗的，他画江南的莲，是拂晓一露，乍然盛开的美，不是惊艳是带些惆怅的欢喜。

画中，天是阴的，水却清如明眸。水上长着荷，泊着船，浮着鸭，映着屋、桥、石阶和水样女子的红伞，还有水田上空苍茫坦白的天宇。

这些画不只要用眼睛去看，更须用心去倾听，

去追溯，从而进入到更简净的、更概括的追忆，也就进入了诗的境界。

而命运终究还是不让他一直停靠在故乡的某个角落，近日楼无论在苏州、在纽约、在北京……

他的一生与艺术相依为命。

他笔底的江南，让人灵魂出窍，直至成为永恒。

冷眼

　　明义的江南是真江南。是事实。

　　明义江南叙事的日常诗意，有情性完足、永志不忘的忠诚和童心无邪；像他舍己的安身之地；也像是我们念想的"原乡"。这"原乡"让人无端向往，因为那是描述困难的形神，通常我们无法传递，"原乡"常常不在，所以，艺术家要造出来。

　　明义的江南淡而厚，既有水乡的世俗质实情调，又有清空冲淡的朴质；厚是用情用心的精深，淡是平淡本色；画不精深不能独先，不平淡不能人人领受，这厚深本色是他长期累积的经验，是他的名与实，是他的诗；他把平常的视角变成精要，变成兀自燃烧的笔线墨色，变成江南的元典；因了他的江南比谁都单纯。那是我们正在寻找的单纯。

　　明义不是从"逗留的乡土"获得一点刺激或要素，他的思想深情扎根于这里，扎根于这不能替代的根基，这深情甚至成了他的孤独，这孤注的表达让人情不自禁地幽游在他纷纷的故园私情。他用墨用线,好在他自由的用墨用笔,没有种种庸习,让我们看到他主动主观的意气表现。他画形式画结构,有理有趣有神情。特别是他的纯墨大全景,真中有幻,动中藏诗,寂处有音,冷处显神;笔中笔,墨中墨,诗中诗,味外味;他造梦造诗造物,天人之趣……还有光、影、与火热的弦外之响。我也喜爱他的简纯小品,冰雪口味,生动感人,浑然一种精神的活灵,让人察觉到他炼句下语的妙处。我们似乎要看到枯淡了,看到枯淡的诗了。

这江南是我们的江南,因艺术家纯粹又精熟的证实,让我们有了不断的追问,甚或异样的"原乡"的感伤;这种艺文情致,这如今的创作里是难遇见了,因为没人肯这样感情用事了,也没人肯相信感情用事了,但于我唯独这种无邪的朴质才是真实要素。我数着使你不眠不休的江南乡愿,起风时,我也能无怨无悔地放声唱了,因为有了一颗心,一种家园,这是诗的价格。其他的也不能开花结果。

明义一心想一个人说完江南的别怀蕴籍,想把江南说成我们过去的一部分,一个无限简单无限多情因此无限美丽的部分,这江南真的成为我们过去的一部分时才是永久的人情。所以我们若要惦念的,也只是苍茫中的这么一份人情。

夕拾

杨:"文革"刚结束,沈从文就到苏州来了,我记得他拉开旁边右手的一个抽屉,我一看都是青花瓷的碎片,有几块砖瓦的后面,他拿蝇头小楷在上面写着这个是什么年代的什么,我太感动了。这么一个大师,还对每个小东西都不放过。他跟我讲,我们的误解太多了,他说我一定要慢慢地纠正过来。后来就到我家里来,我记得那天阳光特别好,我拿出那时候的写生作品,有很多,他每一张都很仔细地看,看得很慢,看到我画的黄山,其中石头光影变化都很认真地画出来了,后面的烟云变换也表现出来了。他就讲了一句,你有临过宋画? 我说我临过。他说,宋画的严谨在你的画里头能看得出来。这句话我真的是记得很深很深。

杨:有张小照片在桌子上,覆盖的玻璃板子已经碎掉了,我说这张照片好啊,白墙黑瓦,下面一个桥,一个船穿过去,典型得不得了的江南水乡,我开始速写,把它画了下来。后来我到浙江去,船上给

人家画速写,把一个人画得很夸张,大家笑得要死,都抢我的本子去看,我翻到之前速写的那张照片,我说这个地方你们知道吧,什么地方? 他们看了半天都不知道,一个老同志跑过来看,他说这个地方可能是周庄,这是我第一次听到周庄的名字。

凌:画水乡就是画你自己的家乡,为什么要到美国去呢?

杨:因为一个画家到一定阶段,就会觉得欠缺的东西很多,不满足,他需要看世界,看看世界上的名画,看看世界上的大师,自己到底有多少距离,肯定可以对自己有启发。

凌:西方的所谓的那些现代艺术、当代艺术有没有对你的绘画产生什么影响?

杨:我觉得那些是很新鲜的,但是我为什么要去这样画呢? 我是杨明义,我有我的追求,我有我的风格,我有我的生活基础,我的水乡是我这一辈子最最享受的,最最追求的一个生活的根本的地方。

凌:为什么又要重新回国? 其实回国比当年(1987年)您到美国去更难,因为很多东西都已经时过境迁,跟以前不一样了。

杨:因为美国待下去,最困难的就是思乡,每天都想家乡,每天都想我的水乡。这些大的高楼大厦不是我的,我对它们是没有感情的,我不会老是去画这种东西的,所以一直想回来,我决定放弃一切到北京发展。

凌：您经历了那么多,我觉得您现在的状态是有一点点的往后退的,逐渐从一个非常纷繁的潮流当中退出,您反而会非常地自省,非常地清醒。

杨：因为我觉得一个艺术家,一个画家在社会上最困扰的,就是名跟利,好多人都是为了名利两个字奋斗一生,所以有的地方我很害怕的。

凌：您怕什么呢?

杨：就怕自己陷入到这个俗气的、市侩的羡慕中去。有许多朋友,有实力的人,都想给我办美术馆艺术馆,我觉得真的是不敢当,我现在不要给自己上一把枷锁,不要给自己造一个小庙在那里,每个人努力一辈子,经历一辈子,正确的评价应该是后人,是历史,是年代。

凌：这一路走来,您还会一直以江南作为主题来画吗?

杨：画家的风格,画家的发展没有办法预料的。但是你一定要把你的积累,把你的想法,把你的追求更深刻、更典型、更概括地表现在你的新作品里,这个就是我的追求。

徐累

·1984 年毕业于南京艺术学院美术系中国画专业,现为中国
艺术研究院文学艺术创作院一级美术师,硕士研究生导师。

主要展览:
·1995 年　徐累个展——旧梦新影,香港艺昌画廊
·2013 年　世界的壳——徐累个展,北京今日美术馆
·2015 年　赋格·徐累个展,苏州博物馆
·2016 年　徐累精品展,中国国家博物馆
·2016 年　徐累新作展,纽约玛勃洛画廊
·2018 年　互——徐累个展,马德里玛勃洛画廊

卮言

它是我对世界存在的假设

置身事外

冷眼旁观

以自私的念头

恶作剧的念头偷换

或者质证某个概念

你会有一种快感

艺术需要层峦起伏

有障碍才有愉悦的快感

这是我们精神旅行的意义

凌听

累时光

（晨间七点）我在苏州博物馆的门外，透过铁门直线条的栅栏，隐约见到了馆内摄影师蓝色的背影。熟悉的摄像机遮掩了拍摄的对象，只见到贝聿铭先生精心布设的从泰安运来的花岗片石错落有致、意蕴深远地置于拙政园的白墙前。

苏博的门外是喧嚣的人来过往，车水马龙，充满着市井人情的忙碌。

此刻，铁门的栅栏仿似成了画中的帷幔，正对大门的那片拙政园的白墙成了画中的屏风，屏中有幻像。内里一片寂静，是转过身去的另一个世界的光景。除了蓝色的背影，依稀看见水中的树影婆娑，还有被遮住一半的画家的身影晃动，似乎还看到云雾从水面升腾，苍茫悠远把一切笼罩其中。门口的老先生识得我，笑着给我开门。

挪步穿过长廊，终于看见了画家徐累。很奇怪，一个人的身上同时兼带着冲突的两种气息——温和与冷冽。刹那间，抬起的脚步竟不忍踏前。来到水面的那个八角亭，坐下观望。画家说：亭子本身是一段距离，内在有"停"的意味，中国过去的园林能让你走走停停，园林是空间，走走停停则是时间的变调。中国的传统绘画就是时间和空间的复合体，这个"间"可以让你驻足，让你冥想。中文里形容才气最高一等的词叫"间气"。而我们现在的确是走得太快了。

此刻的徐累在那一片由土黄渐变成灰色的充满水墨意蕴的片石前，弯下腰，拿着手机对着水面。我看到，他在拍摄一条水里死去的鱼。鱼曾经是我们这个文明当中最美丽的形态，充满象征：宋版书的鱼尾纹、唐人的鱼玉佩、先秦时期的鱼图腾，如今却从栩栩如生到死气沉沉，就像一条水里死去的鱼，生死之间，随时随地。

（晨间九点）苏博还是一片静谧，穿过长长的水廊，走进展厅，转个弯，看到那幅《一生悬命》。喜欢"一生悬命"这个词。"悬命"如同"危坐"，谨慎之中还带着态度，日语中亦有一生一世只悬命于一件事的意思。

这幅画中，你看到一只鸟的骨骸行走在钢丝上，鸟的骨骸，姿态孤绝。静到极致就是死，死到极致就是亡，内在的表达，"死"与"亡"之间，文化上而言，就是最后这一线的残存了。

突然想到了比利时的雷内·玛格丽特的童年

了。母亲自杀给当时玛格丽特幼小的心灵带来了很大的创伤。因为一个人的永远离去,不仅仅只是消失,更多的却是彼此之间情感交流的永远断裂!

画家徐累的童年呢,并没有缺失什么,可是因为特殊的历史时期:五岁的他和外婆在南通的殡仪馆瞻仰过在武斗中死去的红卫兵领袖;小学时,当老师的妈妈会从师范学院带回一些房子木板玩偶的模型给幼小的徐累在家摆放着玩耍,小桌子成了那些道具的舞台,而那时他就已是这一幕幕戏剧的导演和编剧;跟着父亲的文艺宣传队下农村演出,小小的他不是和普通的观众一样坐在台下,看着舞台光鲜明丽的一出出剧目,上演着悲喜的人生,而是端坐在舞台的背后观望,背后是什么:狼藉而杂乱的道具,是支离破碎,幽暗深邃。

卡尔维诺说:我假装无情,其实是痛恨自己的深情。谁想看清尘世就应同它保持必要的距离。超现实主义的核心就是现实和虚拟之间。

(午间十一点)穿过幽暗深邃的忠王府,逛了一会鼎沸人声的拙政园,又回到以巴洛克复调音乐题材《赋格》为名的展厅里,画家徐累始终还是那几个姿势:沉寂地坐在那里,托着腮站在一幅幅画前凝视,或是在移山的装置前做着每一块山石之间位置的调整。一块块山石,一丝一点地挪移着,充满着庄严的仪式感。

展前的三天,徐累和他的学生们几乎整天都在那里,探讨研究每一处细节,每一点的设置,每一个

梦引领的提示。

（午间两点）我站在他的那幅《偶遇》前，镜框的反射下看到自己被手机遮着的脸，上侧是如此清晰的马首，明式的圈椅、绣花鞋。远远的竟然反射出端坐在一边的画家徐累，猛然一惊，无论何时他的身上都会散发出清冷的热情，客套又不客套，以礼拒人，占有着孤独，同他的画一般。你很想过去和他诉说一下你看后的感觉，可是又觉再多的词汇对他来说已是多余。

开幕式还未开始，只得三两人，安静得有些窒息。

你如生灵梦游般穿过冥冥中与 1997 回归暗合的《虚归》，进而无助仰望着在细细的绳索上飘摇站立的马儿，《如梦令》中的这根绳索平衡着这个世界，轻与重，生与死，危险和坚持。在梦中，我们是看见还是知道？在他的画里，我们分明是看见的，也是认识的，但根本是不记得是谁的，那是远比梦境更令人迷惑的眼前的幻觉。其实终归是"午梦千山，窗阴一箭"。

一汪碧水，两个世界的《雪浪石》，在徐累的想象中，水下是个充满奇异冲突互相妥协的世界，而水面上安宁祥和的部分，是这个世界的假象。

当你最后奔向那幅鲜红色和黄色的，用木板帷幔作为隔水的《节度使》的画，从左至右，我看到了希腊帕特神庙的马，看到了虚幻想象的马，最后是唐代照夜白的骨骸。分明我看到了中西和古今，看到了时间融化了空间,白驹过隙,那是一种在宿命的繁华中感受到虚无和惆怅的美,带着一种伤逝之感。

(午间四点)《赋格》的开幕式,突然从世界各地潮水般涌来各色体面漂亮的男男女女,马爹利的酒杯在灯光下影影绰绰,文征明手植紫藤架下咖啡飘香,而原本寂静的展厅不时传来一阵阵愉悦而沸腾的笑语盈盈。

此时我看到了那幅《叠象》:一个场景和一个场景的对接,在那一面水上的苏博现代展厅内,每一张画里呈现古老的、颓废的、当代的、虚幻的、理智的、诗意的气息,各种角色,仁足观看,暗到幽深,亮到绚烂。一幅幅场景叠印起来,有遥远的相遇,有历史的过去,有现在的此时,有这个人间的种种喜怒与爱憎。

(夜间九点)人散去了,干干净净。兴许这是画家唯一安静清醒的时刻。只有画家与画之间还余留默契。这一刻,似乎看见了画家徐累,笔挺优雅的身形,淡然而坚定的眼神,看见了仇英站立在《天净沙》的作品前,看见了他笔下的白马在忠王府里游荡,看见旧时光的他们和现代的你们于此时此地的相会。

心间无隙,可窥古今。

(午夜间十二点半)

累时光

秋赋一梦,未必沾染秋气,

《水经注》里诸河水潮涨潮落，
水十万，在天净沙里储存，
迷人的蓝石头与蓝山及矿物磨砂等，
朱，紫，青，绿分配到，
山水之间。

积石为磊，相加为累。
复调一直存在，只是发现与再发现。
圆舞曲虽已收场，
而今生的园林里住过的鹿、鸟、马皆然成虚。
空有空间。

　　孤傲是你，深蓝是我。你在时光缝隙，在徐累
（上声）与徐累（去声）之间。

冷眼

　　阅读徐累就是阅读诡计。

　　阅读徐累诡计的快乐,来自途中的偶遇和错误的推理,来自于诗意的断裂和意义的损坏;来自他刻意隐藏的书生心胸和他高贵的内心诉求。读他的作品和读他的人一样,就是完成一次穿越丰富驳杂的表象进而寻索清澈的过程。

　　他以舞台的形式召唤旧日时光,或者压根就是生活深处的又一重生活——一种未必存在于生活表面,但始终存在于生活深处并且持续上演、永不终结的一个内在世界。我们始终不按原样创造自己。

　　我不猜,也不同谋,我要了解他的份量。了解他的阴郁、诡异、偶然和横空而出的意外的真实世相。他和我们都小心地臣服于一种必要的距离,画本的戏剧本质就聚积在这份距离上。隔着白马、隔着青花、隔着雨后潮湿的克莱因蓝。

　　一把黑伞、一顶帽子、一个龙套、一块玉石、一座山、一个又一个偶遇和间离，我们随随便便就跌进了他的后花园，相信了一个又一个机心用过的锦绣谎言。

徐累告诉我们的都是他不想让我们知道的东西。他习惯于让人猜测那给出的部分的整体，让人猜测，这是他的真实欲望。我们对他的好感，可能就缘起于我们不知道他的痛楚吧！或者缘起我们对他智慧的需求。

听得见珍珠的细末在他齿间磨碎呢。他完全放任和完全约束地把匪夷所思的深奥悖论与自身诗人质素结合在一起。

也许艺术从来就不像真实的东西，徐累不肯告诉我们确切的东西。不肯，也见着了人的本心风流。讳莫如深呵，相见而不相识。如同所有蓝调的蓝，所有想入非非的诗，所有尘世的色相……已经足够了，我们只是侥幸在空隙里短暂地停留一下。一点不多，一点不少。

互山一

夕拾

徐累：戏剧是我绘画里比较重要的东西，所以我的画面中有舞台感。这个舞台感可能就是布莱希特说的戏剧的概念，就是一种"间离"感吧。我九十年代的一些早期作品，画面就是显影出来的旧时光，有惘然若失的颓败气息。那段时间，我是受到老照片的影响，此景曾在，物是人非，观众在帷幔或者屏风外朝内窥视的时候，内外的时间不是一致的，一个是眼下，一个是以往，也就是说，观众是一个凭吊者。

徐累：《文心雕龙》里面有一句话，叫做"秘响旁通"，讲究一种私密的领会。我画动物，但不会是野生动物，它是由人豢养的，所以是人的替代物，好像已经被主人遗弃了，或者主人刚好离去，动物变成一个四处游荡、魂不守舍的生灵。中国人很含蓄，美学也是旁敲侧击的，事情不直接说，可能以物的隐喻性来表现生命流程中的所有欢喜或忧伤。

徐累：我的世界观中,世界是"虚幻"和"空寂"的,存在的意义很容易被消蚀,转瞬即逝,所谓"成、住、坏、空","空"是大有。我们在这个世界行走,也是短暂的过客,我们根本就不是一个归人。当然行走的过程中,可能眼见为实,也可能眼睛欺骗了你。回头发现有个景观可能就以为代表了什么,心里更积攒下这样的印象。而实际上呢? 世界根本就言不由衷,我撒了一个谎给这个世界,画就是这样的东西。

徐累：我们站在今天,一个左右逢源的时代,历史上所有发生过的事情,哪怕是昨天的,都一本正经地变成了资源,包括情感上的得失。每一个人其实差不多都是这样,这是一个相互理解的基础,所以有共通性,当然理解的角度会不一样,就像庞贝遗址中的拼花地砖,有残缺,有空白,但总能在想象中复原。现在是到了指认这些碎片的时刻,把这个分裂的世界,重新拼起来,我们心中要有一个整体的概念。

> 时间读白

白明

· 毕业于中央工艺美术学院
· 清华大学美术学院陶瓷系系主任
· 清华大学美术馆副馆长
· 联合国教科文组织国际陶协 IAC 会员
· 中国美术家协会陶瓷艺术委员会秘书长
· 中国陶艺网艺术总监《中国陶艺家》杂志常务副主编

主要展览：
· 2009 年　白明雕塑作品展，法国
· 2009 年　白明的青花世界展，法国
· 2010 年　瓷语东方——白明陶艺作品展，巴黎中国文化
中心
· 2013 年　文明的对话陶瓷展，法国 Chateau du
Gue-Pean 城堡
· 2013 年　茶墨——白明水墨展，巴黎中国文化中心
· 2013 年　Chifra 中法艺术交流展，巴黎香街、中国美术馆、
深圳关山月等
· 2014 年　白明陶瓷及水墨个展，巴黎亚洲艺术博物馆
· 2017 年　醍昂：白明的国度，北京民生现代美术馆
· 2019 年　白明——光明之碑，巴黎 F·L 艺术空间

卮言

陶艺是考验着艺术家的耐心
以真诚的缓慢的过程艺术
其实造器是让我敬畏的
也显出了我们的渺小
凡是经它严格挑剔过的艺术家
无一不具有一个共性的品格
学会安静地与自己相处

凌听

读白

那一场轰轰烈烈的白雪

自从遇见白明,发现所有的发生总是与白紧紧相连。

十一月二十二日,故宫日历上的节气标着:小雪,可今日的京城却下了一夜轰轰烈烈的大雪。

我望着首都机场偌大的落地玻璃窗,暗自想:赌一赌,是雪下得更大,航班取消,还是雪停我们可以照常起飞。

那时刻,我们在机场已等候了五个小时,白明笃定地和冰川坐在机场等候区。广播让我们辗转换了一个又一个登机口。最终望见电子屏上一片标着"CANCEL"的红字,这时,是白明平静如水,笃定自若,指挥着我们改定明天开往婺源的火车,并把随后拍摄的行程和计划做了最合理的调整。

从始至终,我讶异,我竟然未在他的脸上看出任何一丝焦灼或遗憾的表情。而他一定是察觉到我的焦虑,过来拍拍我的肩笑着说,凌子放心,所有的安排都会有收获的,明天南站见。说完拖着行李远去,如楚留香般,白衣飘飘来去如风,虽然我总是偏爱侠骨柔情风霜之色的大侠萧峰,可那瞬间,似乎也不得不暗自折服白明的机智敏捷,飘逸灵动。

深夜踏雪,让司机在不远处停下,我踩着厚厚的积雪步行至公寓。看到两位俄罗斯女孩互相捧着白雪咯咯地笑,我抓起路边一辆车上的一把雪扑在她俩的身上,笑着撒腿就跑。滑倒了,又跑,那一瞬间,我想感谢白明:是他教会我放下,泰然且从容不迫。而白明告诉我,这一切是瓷带给他的无限安静。

那一列开往婺源的尤利西斯之旅

北京到婺源的高铁七个小时。婺源到景德镇车程两个小时。景德镇到白明的家乡余干三个小时。这一路,我带着无数问题,想走近白明,求索答案。景德镇那么多的人在做瓷,为什么是白明?2014 年塞努奇博物馆的个展是白明的展,也同时让那么多的西方观众一见倾心?怎么定义白明?他的油画,他的水墨,他的陶瓷。如何说明白白明?传统的,创新的,当代的,古典的,理性的,感性的。

一路的列车,车窗外,从北方皑皑无垠的白雪到闪过湿漉漉的烟雨蒙蒙的灰白,一直看到那一块块无垠的充满水象的绿色的田野,这是仿佛生如夏

花般雀跃追逐希望的颜色。

从我们翻阅的杂志里胖胖的画家博特罗开始聊天,到米勒、蒙克、梵高、高更,到德拉克、培根,到莫迪里阿尼、塔比埃斯、基佛尔,到之后喜欢的杜尚、弗洛伊德。艺术的各种流派风格都被他尽情地喜爱和享受着。

从他二十五岁喜爱的绿茶,到三十岁的乌龙,再到三十五岁改喝岩茶,直至四十岁后喜爱白茶至今。人生的滋味都在一杯淡淡的茶香里。

从青年时期热爱的贝多芬、施特劳斯,到无伴奏音乐、歌剧、电影原声,到巴赫。

从阅读弗洛伊德、荣格、萨特、尼采、黑格尔、叔本华,到苏格拉底、封塔纳,到哲学、宗教,甚至医学,到那一年在希腊重温《荷马史诗》。

从 1993 年那幅获得博雅大赛金奖的油画,到 2002 年第一幅水墨作品的诞生。从 1994 年开始系统创作瓷器作品,到其后的《大成若缺》,到《生生不息》等一系列的经典之作。

这一路,在颠簸的车厢内,我似乎听见了静雪的声音、落雨的声音、芦苇风中飘荡的声音、夜晚的声音、白瓷在窑里的声音、火焰燃烧的声音,但我分明还能听见的是时间的声音。是所有关于白明的时间的记忆,它是一座白氏的迷宫,他不是单一的,他是醇厚而又多元的,他轻灵潇洒地穿梭其中,优雅地带着一丝的孤来独往。

那一簇惊心动魄的蓝色火焰

抵达时已是夜半。爱上一座城就要爱上它的天气。此刻的景德镇无雪无雨，眼前只有湿漉漉的雾气。隔着窗玻璃，望着，冰川幽幽地说："景德镇夜晚的雾是白明。"

原来，你以为终能看清，却也许只是雾里看花。

景德镇的夜晚好宁静，那宁静缓缓地滴落，甚至可以在内心深处听见悠悠的水声。我倾听，我期待，明天火焰的燃烧，期待看到白明如何从一块简单的瓷土中生出如此静穆、雅致、温软的作品来。

无论是他安之若素抬起装满各类瓷器的长条案几凌波漫步，还是他双手在他的大大的瓷盘上用各种形态的笔或轻盈的点，或深切的刻，或用笔蘸着水来晕染，每一个动作每一个瞬间细微处极妥帖，极静美，动起来却又如此的举重若轻而翩若惊鸿。

当我们围立在那一簇炉火，看到孔洞里窜出的惊心动魄的蓝色火焰时，我知道，白明画的不是形象，是感知，是情感，是他处永远无法遇见的异彩。

两天两夜从对瓷的一片空白，到一点点地接近，不想透彻了解技术，我只要知晓它的独特、它的魅力、它的温度，它如此得脆弱而强硬，而当你在它的身体上描绘，它又需要极致的敏感，极致的格调，才能赋予它的流光溢彩。因为我知道它温润背后的不妥协，我知道它强硬背后的脆弱，我知道脆弱背后的高贵，我又知道高贵背后的决然。虽然我分明看到蓝色火焰背后的无比炙热。

那一段白色之上的读白

离开景德镇，我即将飞往万象，走时原木色的客厅里回荡着《海上钢琴师》的原声大碟，这也是我曾经很喜欢的一部电影。1900最终还是留在了海上，没有留恋地轻轻踏入云端，步入属于自己的孤独来保有自己。如同那诗句描写的：这世界已经坏得无以复加，我们只是侥幸地在这空隙里短暂停留，只有走廊里的灯光依旧灿烂。

而此刻的耳边我也无比清晰地听到了白明的声音：

这个世界有太多的不满意，不满意到了你会质疑你的生活质量，质疑你人生的意义，但是好在它关起门来有自己的一个小空间。

对我来说，关起门来世界很大，我走出门去，世界很小。

因为关起门来，就是我和作品之间的关系，我可以随意，我可以不断地用视觉和手和材料、墨色、油彩，产生不同的关联，非常的愉悦，哪怕就是你遇到困惑，纠结，不能解决，因为在你的心里面是愉悦的，因为你觉得那个时间段，它有意义。人是因为你觉得有意义，就踏实了，要不然人生活得会非常非常不安定。

白明，在看轻一件事物时，他知道摆脱，在看重一件事物时，他知道执着。就像他曾给我看的那段视频：他捕捉的银杏叶飘落满地的过程，他超然地在俗世中举重若轻，他知道平生最美的作品，也是所有他追求的意境抵达之处：他的女儿，白阅雨。

那是一段白色之上的独白，

他的艺术从不是孤立的气质和答案，

你在他的语言里听着醒省和素养，

在他的油画里读到光、影、时、空高韵深情，

在他的水墨里读到歌与诗的专注和人心细节，

而在他的瓷里你感受到一个人的传统血色，和自由的寸寸光阴。

他在不同的形式中穿梭，不曲随，不苟同，如此从容、超然，这像是凤凰，只在烈火中歌唱。

在土与火的炼造中，他始终没有忘记自己从哪里来，他是个"美的走私者"，走心里来。

冷眼

　　白明的"造化"是他的文心。

　　白明的文心造化越过了种种客观自然和自然
细节,越过了陌生、犹豫、困扰、形式等;像呼吸,像
无形无垠的呼吸的回声,像"自然"朴素冥潜的讲
究和演绎;它直接形塑了他性灵和水火土的元叙
事、原诗。

　　人永远渴望获得异样经验,渴望在别处成活异
样鲜美的自在实证,并时时陶冶、把握、抵近另一个
自足安顿的自然原点。(那无名无状又无垠的"原
点"不就是绘画的源点?)白明甚至"矜持"这个
看似寻常的事实和讲究。艺术家需要自身的"颜色"
(底色),因为创作的事情永远不是你想出的美好样
子;但人会改编出美好的底色和表情。人有这种
需求。

　　实际上绘画的故事就是画家造化自身的故事
(从有限到无限万有的神与意的把握),白明有自然
而然的本色创作理论,他信任自然有限的条件,有

限的形式（有限就是限制，就是特点、归纳），他习惯基于有限的水火土的材料，通过经验、归纳，而一跃获得丰富又单纯的体系。这应该也是他解决所有"认识"问题的途径；把原初的（益然、又变化无穷的）意义归还给一切事物（像自然如意造化的过程）。就像留白。

白明的造化除了形式、媒介等，更体现在思维、动作、观念方式中；他试图跨越媒介、画种，来塑造一个特别单纯的样子。他不受画种、空间、风格的限制，他不接受事物、意义本来的样子（不接受就是不满意，创作里过分简单地感到满意的人不是创作者，而是一位爱好者）。大概他从来就没有像平常人那样，平平安安地图谋过。不能"平常"，这是白明的一个角度，一种洁好，一种确凿思考。真是一种讲究啊。有什么想说的（东西），他坚持说着，不管周遭什么躁扰。个体、自然就这样互相沾染，就像他把绘画语言、瓷、造型艺术庄严而奢侈地融合在一起。逻辑与诗歌，精确与随性，理性与非理性，他一直在其中的平衡点，或轻描、或淡写、或风骚、旁逸屈曲，经不经意……种种本能、直觉是历无数岁月精气灵而成形的微观痕迹，冥藏于身心灵的最深处，偶尔升上来，必定精彩。大美之物，都是由人的细微直觉来成就的。可是无论何时何地，每当他完全掌握了一种技艺时，他就改变游戏规则——这是一种专业的自然力道。他通过种种对艺术本体性和物质性进行反常认识、转换——反常的多重弹

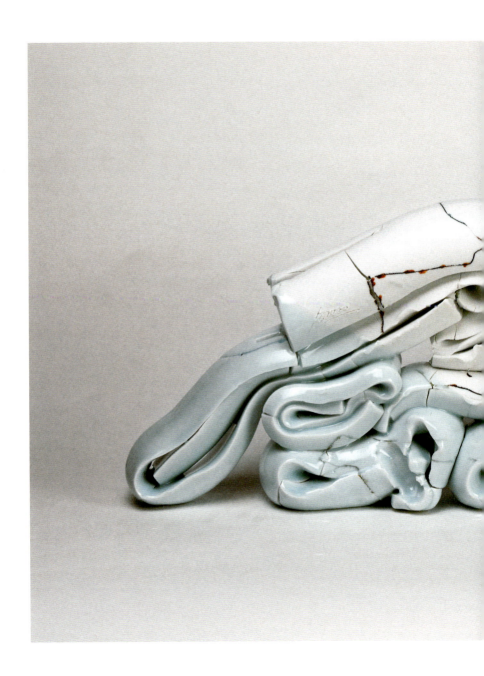

性、边缘、机缘、虚幻……又随时随地地激活他和其他的一切,并发生关联。他在布上、纸上、泥釉里,翻覆手指,清除或计算(错误),他玩着原初温馨的形质,却从不破坏形状,不拂逆自然。他激发意外的事,等待意外的诗,甚至展现不完美。他对肌、质、形的特殊敏锐,一如泥土的可塑性,一如水、火、土、釉之间的直觉性,这种关系单纯却又复杂难言,他有动机单纯的理解天赋,他从容不迫的气质正好说清楚这个自然力道:人不是仿照自然,而是与自然一样做。

白明是一个自我成长意识非常强的创作人,从他各种"意趣神色"里可以看出他一步一步的过程。水、火、土、釉、布上纸上,我们观看着他一再一再地打破格律约束和禁忌。"打破"是寻找和升华,白明寻找广阔的世界和单纯的视角,一再一再地趋近直觉、无争、无尘的干净。就像无论你对泥土做了什么事,反应不会只在这个泥土上,而是人与泥土产生的整体的反应;人把泥里活的东西都带回来。人带回泥的血色,人和自然正好不用再转生了。

创作就是这样一种笨拙的尝试:给无法描述的东西找来一个个象征。事实上,也总是落入孤境的人在设法解释不能解释的东西。一点点地尝试;说着说着就到了一种孤境。

人在世间的各个角落都独自寻找着什么,独自快乐,独自毁灭,无法停留。我们都是同样盲目地尝试,时张时弛,既无幸也无不幸,但总有些痕迹一

点一滴地流到最后。人需要找到一条独自与自然
沟通的途径。这种欲求人从没泯灭过。白明一直
做着这孤单无援、又笨拙的生意。作为一种笨拙的
惩戒，他沉浸其中的敛静孤独将会持续很多很多
年——站在街角无人可等是一种权力。我也会希
望跟这生生之意站在一起。

　　白明不用诀窍，不用现成的巧技。他所有创作
基本上都是有关白明式的追问和自在。那数不清
数不完的对立面——材料、形式、方圆、阴阳等衍生
物，所有那些既不能在事前也不能在事中在他身上
所设想、不可捉摸、不可被抑制之物，都像一枝枝自
行飞行的箭（不是"随意的"或"异想天开"的飞行，
不是随意附一个图像或标记的真实；学习控制或转
换种种无法核实的新经验，这种"综合的技艺"是
当今最真实有效的创作）。我是从他独到见解、独
特创作、制作过程本身去寻找、理解他的创作的力
量，一种只属于人全部激情提高的谐和的心灵与自
然的真实，每种每件都有它特殊和孤立的力量（种
种毫末间切肤的感觉、知性、转换、完美技艺、制作
喜悦、独特材质等等叠加在一起，产生的灵与道的
含混又协调的魅惑、涟漪）。有价值的绘画从来不
是关于表象的：它是关于一个整体；可见之物不过
是个代号。在这些整体作品面前，其他东西不重要。

　　白明的"实验性"写意看似迅疾，但并非一蹴
而就。它只是不受干扰地流出，并逐步生成于目光
与生灵，生成于解缚的快活，和快乐里无穷的变量、

预判和谜团。停顿是要素——停顿的刹那我们重
新走进惊奇与生命,因为美永远是些突如其来的、
我们不知道是什么的东西。停顿也是"认识"和
核实,不再背别人的诗,因为押的韵全错了。他直
白,非常直白地观察、表现,他把握了人在孤独时
表达出来的内心停顿、意识、诗和人身上的隐藏之
物——没有发觉,有些事物也许永远不会被人看
见,你得让它显露出来(人单独为自己写描的作品,
越是粗犷直接,越让人神迷。因为,它不能分享。)。
白明用原音和熟稔使种种"原态"、原生材料、原骸,
转换再生为新灵晕、新话题。像一个人的读经,或
一个人的歌唱。我们一直需要独自一个人的声音,
使人动深情也总是私下很"人"的解读。他翻云覆
雨,触类旁通,敏捷地捕捉来自智识、技艺灵巧的裁
减(谁了解一物,便什么都了解,因为创作的一切都
遵守着同一法则),来自对自然的快乐又充分的表
达,来自他绝对地掌握自己的艺术,而正是这一点
赋予他自由。只有不需要字斟句酌时,表达起来才
能贯注强烈的情致、人格,他非凡地把一个人人皆
知的通俗瓷质故事,"改写"成了一种自我写照又气
质贵重的独白(没有任何表演);人用个体微小的
概念表达了最大最鲜明的情感。每一次创作都是
白明的一次真实的验证和回望体——自然神,我信
手涂鸦颂赞你;点点滴滴,越是微小越是真实安顿
(因为那是我的血色)。
　　看白明的多种创作,更像是身体美学与即兴、

偶然、自足及种种物是物非的剧场（这种"角落"在许多时候正是灵性的出发点，那最脆弱最隐蔽的角落里我们找得到最纯良的情感，亦如我们捕获深层的转瞬即逝的视觉、知觉对象，并兴高采烈地传递）——要燃烧一颗恒星来说再见！这是白明最明亮的浪漫，在这一切之后——只有在这一切之后，我们见证了他的华滋与清扬，见证了他与我们必须实现又难以实现的事情。

夕拾

白：你根本不可想象，用漫长的时间和漫长的体力劳动来创作一件艺术作品，它所传递的人文的精神力量。

白：每一个材质有它独特的语言。瓷的语言也包含长期的文明所形成的特质，从它发明开始一直到今天，所有的历史都会成为我们借鉴的传统。瓷有它的秉性，它虽然不说话，但它有反应。如果我做的陶瓷特别像水墨，我何必要去做陶瓷？我一定要把陶瓷做到水墨油画雕塑都不能达到的那种效果，而陶瓷它恰好有这个功能，这才是陶瓷的意义。

白：我是喜欢把痕迹留在作品本身的记忆上，留在材料的记忆上，然后它的记忆会呈现出来，感动自己。我的核心是在研究瓷土的表情。

凌：瓷土的表情？

白：对，就是它本身的气质，像这种肌理，就是瓷土本身，在我们拧住它，或者说在搅合它的情况之下，通过力量形成的这些表情。然后这里面有绘画的因素,有雕塑的因素,当然也有随意形成的一些因素。

白:有一次我看到爱因斯坦的虫洞理论,然后马上想到一种我从小就很熟悉的虫,就是蚕。你看它是从卵长出生命,然后从非常幼小的虫,到它成为成虫的时候,扩大了五千倍的体量。最伟大的地方,在于人类又把它吐出来的黏液,变成了我们的丝绸。所以当你的人生处在这样的思想和情感里面,你就发现整个世界就变了,我画画的方式也就变了。

凌:用你的瓷,用你的水墨。

白:油画是因为它有塑造性,所以我是把天虫真正塑造得像雕塑一样,放在画面上。水墨是平面的,它不能塑造一个核心的、浮雕一样的东西出来,那么我就用香火,去烧灼宣纸。纸上留下的孔洞在我的心目中,是另外一个空间,不再是一张纸。在日常记忆里面,被简化了的、被浓缩了的、被沉淀了的,到最后发酵了的东西,成为我的形象。

(2014年白明大型个展在法国巴黎塞尔努齐博物馆举办。这座以东方艺术研究著称的博物馆,时隔二十一年,邀请中国艺术家举办展览。)

凌:是什么让他们选择了你?

白:其实西方人的审美观,如果浓缩成一句话,就是他们希望看到另外一个角度下的中国的当代艺术。

凌:我感到很奇怪,当代艺术被认为就应该是破坏性的,或者你刚才说的有很强的对抗性的东西,但恰恰在你的瓷当中,我没有看到。

白:我在西方人的眼里,恰恰是传统的。他们认为我的作品保留着中国传统艺术和艺术形式的审美。但是审美是走向未来的,他们从我的作品里面,看到了太多属于东方的这种人文精神,或者审美的脉络。

白:我希望我的手,永远是听从我的情感和我的想法,而不是让我的情感顺着它的习惯走。

凌:但很多艺术家会非常迷恋情感顺着手的习惯走的感觉,他觉得无意识,或者意识流的创作才流畅,才完美。

白:我原来就这样,但是我现在特别不喜欢这样,每一次当我出现下意识的顺着手去做作品的时候,我就会停。我会换一种方式。比如我做陶瓷做得很顺手的时候,做得很熟练,做得没有兴趣的时候,我就画画。

凌:这才是你为什么会始终不停地变换你创作方式的原因。

白:对,其实很多人以为我选择很多种创作方式,是为了表示自己在各方面有才华。大错特错,我从来没有认为自己在各种材料里面,真正有过什么才华,其实我一直是借不同的材料,来反省另外一种材料。

凌:是不是你要那种"生"的感觉?

白:对,"生"不完全是生熟的问题,它和生命、生机、生气、活力都有关。

凌：我觉得陶瓷真的很极致，水墨呢，这口井怎么挖，你想挖多深，是不是和你的陶瓷一样深？

白：其实我没这么去想问题，有时候艺术很奇怪，它跟你的用时长短，没有必然的联系。当我用笔在上面行走的时候，当我用刀，或者用手对泥土施加压力的时候，我觉得非常自由。我深入不同的材料里面的过程，真的让我对这些材料有了贴心的认知。这些认知，每时每刻令我感动，这才是核心。

凌：你觉得我们应该怎么样定义呢？

白：很难，我自己都很难定义，因为人没法被定义。我觉得尤其是对艺术家更不要去定义，不去看这个人，而是看他的作品。

> 根性尚扬

尚扬

· 1981 年油画硕士研究生毕业,曾任湖北美术学院教授、副
院长
· 中国美术家协会理事
· 华南师范大学美术研究所所长
· 中国美术家协会油画艺术委员会副主任
· 首都师范大学美术学院教授
· 中国油画学会副主席
· 中国美术家协会油画艺术委员会副主任

获奖:
· 1984 年获第六届全国美展优秀作品奖(北京)
· 1991 年获首届中国油画年展荣誉奖(北京)
· 1992 年获广州艺术双年展学术奖(广州)
· 1997 年获首届当代艺术学术邀请展贡献奖(香港)
· 2004 年获首届美术文献邀请展文献奖(武汉)
· 2006 年获中国当代美术文献展获文献奖(北京)
· 2010 年获第三届中国批评家年会年度艺术家奖(北京)
· 2011 年获吴作人国际美术基金会吴作人造型艺术奖(北京)
· 2013 年获第七届 AAC 艺术中国年度终身成就奖(北京)
· 2016 年获中国艺术权力榜年度特别贡献奖(北京)

展览及收藏:
· 作品曾参加英国、法国、瑞士、德国、美国、加拿大、意大利、
日本、澳大利亚、韩国、印度及港、澳、台地区举办的国际艺
术展,并被中国美术馆、上海美术馆、香港大学美术博物馆、
意大利雷维内皇宫青年博物馆以及其他国外艺术机构和私
人收藏。

后言

多年以来
我以日志和手迹的方式
记录下我们正在剥蚀
和坍塌的风景
我一直努力赋予这种思考
以独特的表达
我感到这个世界需要
锐进和本真的一致性
这是我作为一个视觉艺术家
存在的理由

凌听

尚扬·上扬

午后,一天最好的时光。明澈而又静寂。

尚扬惯常地打开音响,是那张希腊女作曲家卡兰卓的《尤利西斯的生命之旅》的唱片,几乎一段时间一直听着,在酒厂空旷的画室上空萦绕,舒缓中略带凝重的凄冷,我们在这幅极具张力和充满精神性的《剩水图》前,开始凌听尚扬。他的讲述诚恳而温暖,谦逊而又深邃,从开始带着对他艺术一知半解的惶惶然,被他善解人意的"灵性"两字的夸赞放下了包袱,跟随他开启尚扬之旅……

听"荒野的呼唤"

此刻,尤利西斯的原声碟播放着那首无伴奏的和声,仿似童年的作曲家卡兰卓在向我们招手,又仿似看到尚扬在他的人生足迹中踯躅而行。手风琴是六十年代最基本的音符,树林、绿色的芳草,窗口的池塘映着的灯光。每年暑假回学校，学生也少，树比人多，每个人的脸上都是树荫的光点。整整八年的附中，大学的生活，尚扬在这里愉悦幸福地感知到了与自然的紧密相连。

而后他看到了完全不同于革命时期与前苏联系统的艺术：塞尚、高更、马蒂斯，慢慢地，他才明白，那是他真正要追寻的属于艺术本体的东西，艺术和人。

在那里，尚扬听到了来自杰克·伦敦的"荒野的呼唤"，那是一种生命爆发的惊人的力量。与尤利西斯一样，来自灵魂深处泛神的砥砺。于是叛逆的心不愿意被塑造，不愿意人云亦云，他渴望一种力量，渴望流浪，渴望在艺术中逆天改命，他和他的同学们，饿着肚子节省下每一滴颜料，利用沙子、稻草、衬布，做着当时骇世惊俗的创作。那个年代，年轻的心啊，至少可以来借艺术自由的发泄。

艺术它一定在，在海的那一边

唱片旋转着播放着尤利西斯的主题曲，悲凉的和声变奏，人生是否也是如此。一个特殊的时代，1965年大学毕业的他开始了长达十四年的沉默期，既然画不了想画的那就索性漫游、放逐。他退隐、反叛、思索，他点着小盏的马灯，翻阅着大学时代剪贴的埃及、敦煌的壁画，塞尚、高更的作品，爱森斯坦的电影剧照，顾恺之的洛神赋，那微弱的灯让他时不时地可以和艺术发生点联系，展开想象：艺术在哪里呢？在黝黑的"海"的那一边吧，它在好远的地方，怎么渡过去呢，相信它一定是在那里的。

此刻，那张尤利西斯的唱片里流淌着那首《河流》，如扁舟在时间之河中轮回。它仿似也在感受着他的苦痛、失落和成长。1979年，尚扬三十七岁，回到原来的学校攻读研究生。毕业创作的那年，他没有选择熟悉的长江，他就想到黄河边去寻找那记忆的声音，那让他浑身战栗的秦腔。"那声音和我以前听到的不一样，好像在那边漂，一下子把你的心掏住了。"他去了，那里超出了尚扬当年十六岁的记忆和想象，外相丰富，灵魂深邃，但他藏住汹涌，创作了《黄河船夫》，接着山西悲怆的信天游的召唤又让他创作了《爷爷的河》《黄河五月》。尚扬一路寻，一路画，也一路丢，一路丢掉他所认为的不完全符合他心性的东西。他心里有自己艺术的标准，在哪里呢，在自己的心里，在认识里，你度量了就与它发生联系了。

山荒

我们随着尚扬在北京向西向西，寻找他记忆中的山脉，没有名字，只有一个大致的方位。当层层苍凉、龟裂、充满褶皱的山脉从你的车窗掠过，我们知道，我们找到了，这里有个好听的名字：雁翅。

他告诉我，以前的山就是以前的山，这个时代的山已是大开大合，有断裂、溃败与坍塌。刹那间，我似乎读懂了尚扬的《剩山图》，它的撕扯、拼贴、脱落、悬置,呈现出抽象的线条也好,金属的雕塑感也好,都在画一些伤我们这个时代的伤。山再不是中国文化中的那座山了,没有了灵魂,没有了气味及精神。

水剩

酒厂画室的凌听,雁翅山脉的找寻,最终我们来到三峡工程的废墟。我们的车掠过浩渺的江水,秀美的山峦,突然穿越了一栋栋废弃的民居楼房,裸露的窗,破败的墙,一种不安的情绪弥漫,我们停下站在坡上,望见了,那一生都不会忘记的场景。三峡工程遗留下来的废墟之地。荒草、各种形状的坚硬如铁的钢铁构件,水泥钢管,那根钢绳曾经因为它的使命而拼命苛求它的紧度,如今却松垮地埋在土里无人问津,远处是宏伟高大的三峡大坝。

长江、三峡、大坝,时有巨轮伴着汽笛轰鸣声,在堤岸的山坡上,为什么在这里,没有墓碑,没有坟堆,会有清明扫墓的花儿孤零地飘在风里。此时,眼前的这条江,在一百五十米的江底下躺着一座小镇,猜想一定是后来的亲人循迹于此,把追思的鲜花不偏不倚插在这里——那曾是他们的居所,到今天却物是人非,岁月山河!

面对这样的存在我沉默了。我开始更深地懂得了尚扬的《剩水图》,我仿似听到了他在画室撕扯画布的令人心悸的声响,那曾经的轰轰烈烈与如今的破败萧瑟,被冷落的,淹没在历史空间里的痕迹。

尚扬带我看山,尚扬带我看水,看的不是山,不

是水,是时间的伤痕,是呜咽的奔流,无言的悲悯,是诗意的追溯,是流逝,是惆怅,而这惆怅比任何都痛。

前方的那束光

从六十年代稻草沙土的当代的实验性尝试,到八十年代寻根的《黄河船夫》《黄河五月》《爷爷的河》,到《大肖像》《大风景》《深呼吸》的综合自由的表达,再到《董其昌计划》,直至延展到今日充满精神性的《剩山图》《剩水图》。它是中国化的当代,当代化的传统,传统化的新颖。尚扬一直在寻求艺术与生命的生涩、未知、不确定及陌生感,仿佛在艾略特的《荒原》里不停地寻找哲学,人性的真谛。

艾略特的《荒原》里第一句就说四月是一个残忍的季节。这个四月,我们在尚扬的画里看到情绪和表达,看到了山河,也看到尘埃,其实终究想言说的是时间和人。

我们在时间之间,我们无法逃脱,他在他的艺术里异想天开,收拢了关于山水的过去,现在与未来,又现实,又浪漫。好友萌萌生前留下的诗句:我是穿过那片林子来的,披着迷濛的春雨,我还要穿过那片林子回去,夜色将比春雨更加迷濛。穿过林子,透过法国拉斯科洞穴里的那束光,尚扬看到岩石上的那头从史前奔跑来的野牛,它是一道神识,那是他心底一直追寻的弥漫天际的上扬的光!

冷眼

　　多年前,我还在模糊不清的镜中看着尚扬,后来,当我与他真彻朴素地交流,并在他一系列巨幅作品画前身临其境,我平添了更加为所欲为的东西,像未完成的真理一样清晰的东西(更多更实质的混沌理论、开发、例外、识别和更异想天开的兴致)。显然,人需要创造一个自由的例外,一个第二自然。尚扬的立场和出发点始终源于这激情诉求,创作就是把这个不着边际的幻想铭刻在脑际。

　　看见尚扬,自然想到独特精神、独特创作性格和人的命运相关。这"独一"既不能被重复,也不会被别人延伸下去,因为一个"例外的人"总在做最新、最鲜活的选择、判断,做最少(最少是呈露思想的成熟)和最异想天开的自己。尚扬一直向我们证明的就是人在绝境中开辟的独特出路——没有铸成这样那样的命运和错误,没有切身的剧烈和阵痛,你也不能有那种体面和奥秘(我常体会到这本没有例外的)。因为少了命运、经验的底色,你实在没可能理解它们。独特的思想心象,技艺使土地肥沃起来,让人们在上面再次耕耘(或收获)。所以最异想天开的赤诚讲的是一颗心,是我们从不曾经历的一颗心;让我们重新找到并沉浸在一段并不是我们的时间感情之中,单纯,艺术的先验先知的魔力把它敞开在我们面前。赞美它或厌恶不理解它,其实二者是一回事,我们在谈心了,都是不着边际的事。

我相信真实的个体创作。真实的个体创作都饱含着独特灵魂的问题。传说中它只是弹指一挥的问题。独特,"一个人"并非是像上帝那样,是一个人,(这多潦草),而是所有的人,是各种等级上的所有生灵。就像艺术家在最贫困、平庸中也能保有并证实青春的美的创造能力,这是艺术家永葆活力的方法。人建立自己独有的收藏,后来这贫困的诗就变成了别的东西。我在尚扬作品里寻着种种感观、生灵、经验、实体、幻想、忠诚、记忆和种种肌理,将创作与这些有形无形的圣灵分开是不可能的,因为它们都是为了追求美的能量而融合在一起。以粗犷的线条去描绘,人只有忠诚。忠诚解决最平常伟大的事。

艺术家把丰富的内心生活看作报答,尤其是错误、徒劳的体验总是报答你。这是不能有意识地加以追求的,因为丰富完美的内心对于外界一无所用。尚扬所得到的,不过是他失去的(生活、回忆、环境现实的种种情状),他一直使用观世的本来面目,现实种种氤氲虚实,并把"活的"都带回来,石头、枯木、铁羽毛、泥土……只要不妨碍视觉的,都让它独自成形。独自,一个"真实"的(材料)迹象和一个视觉"话语"间的"真相",幸运的巧合或不幸的巧合——思想甚至还来不及到镜子前反射一下——尚扬只做状态最简单的秩序、最坚实简约的本体,唯视觉先行,不添加多余的东西。艺术家先于一切的经验(先必定是贯穿了通常的经验)本身却不沾染经验的浑浊或不确定——尚扬时常有这种纯粹的晶体,一种具体又最坚实的东西。我一直认为尚扬的节制和随手材料的戏剧功用就是使人摆脱文明、经验的压抑干涉,把人和材料的天生能量解放出来。这种解放用了它独特的言辞语法,几乎是和焰火一样的新发明(文学艺术的"真理"从来不是客观的,并不是被发现,而是被发明的)。

尚扬一直保持着逐心、畅欲、沉思、危险又欢愉的天然(先行的)创作方法。天然先行,就是走向一个无法预见的结果,先行于看见其他(天然的先行);逐心,是主观、兴趣方面的事,与感官的理念有关;危险是他从不计感官的成本,他宁愿放弃"美术"牧童式审美的外相,他在意异想天开、随心所欲满足思想的狂喜——空白、混淆、异变、置换、矛盾、损毁……它让人看到常常难以让人看到的东西,不可见的东西显示出来。这是一种熔炉,大自然也做过许多这样主观表达的事;欢愉,是他随心所欲的此刻当下,对自然和自然神的心绪,感受取舍,离自然

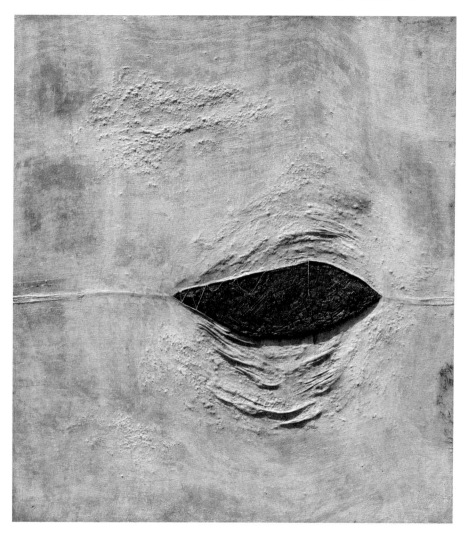

最远是对自然最忠诚最深美的思考，创作就是创造与自然上帝的距离，与自然万物的距离，与通俗技巧的距离。要有足够遥远的距离才能说清各自（不似自美的）心声，和一劳永逸的、独立于任何未来经验的答案。心灵的大胆要求，就是要面对面地享受，因为人参与了为自然的无穷呼唤。

我相信尚扬尊重了某种真实，他甚至不择手段地创造了一种"真实"的语言。我迷着他原生简朴的技术、普常材料运用产生的无与伦比的能量，那是一种高洁。独特的高洁，这是唯一能算数的。我一直以为值得称赞的不应是技巧，而是被克服掉的技巧。被克服的，我会认出这些时刻，它不是拂逆自然、仿照自然，而是和自然一致（这技巧是说要和自然一样有本来的光亮）。如果我们关注一下当下"技术"的模糊本质，好多事情确实应该重新来过，或者忘记（感谢上帝我不能逃避这些想法，我体验到了深深的厌恶）。重新，是重新选择，将那些毫无关联的技、艺、传统精神重新组合起来，真实地看到你认定的东西，同样被你看到的事物同样认定你，从而获得全新的反系谱的个体经验传统（我梦之如甚，至常常失真）。忘记技巧，这不是空想，应该简单地谈论技艺（简单让人放心）。有时甚至只需要一个计算错误，就能清除种种故弄玄虚、连篇空话。事实上是"清除"在找准确的位置。我们一直不能克服掉画坏的恐惧和虚荣，尽管我们心里也有伟大的野兽和单纯，但我们总想着卖弄——像诞生于一

曲挽歌或一只招潮蟹的耦合玩艺,令人绝望。

　　我了解尚扬创作前有长时间焦躁、思辨的习惯。思辨的曲折形式让他不断地改变姿态,那"旁若无人之境"的不羁让人记忆深刻。但这种曲折性从来不会出现在你面前,因为那是自发的需求,没有解释反而更妙(阐释永远破坏直觉)。创作的快乐一直在种种可能性的取舍中,说与不说呼之欲出,牺牲一整个章节,只为一句话,牺牲一句话,只为一个词;牺牲一切,以便获取人心的效果。尚扬为所欲为的方式像是他留下的"提问"和他布上实际存在的"东西"。他一直展示"未知"的期待、惶恐、庄谐、费解……边工作边让作品成形,自然自在。但最终总有意料之外的、唯一一种看待事物的方法,能让你理解事物的最单纯、强烈的感觉,这是一种完全得到控制的狂热或似真形式。你甚至无须理解它,你只要看见它;你无须进入它,你只要挨着它。因为它想到的东西根本不在他的脑袋里,也许就像那清凉的流水,不可名状,无言以言说。尚扬的深层是隐藏着的。在哪里呢? 就在表层,那表层万物生长。但是他一定是思于自然的潇洒和自然的独特,因此,他作品的每一个人,每一座山,每种形,都值得端详。

　　尚扬的野蛮生长给我的印象,不是许多甜美的画作,而是无数的草图,这草图承担着如实澄清的力量。就像火山边一位闲步的诗人,那么突兀又那么自然的形态。他并不是忠于自然。把这种图示看作一种定轴线式的的对称美，或一颗明星的美感，那是对诗的损害，对创作人的损害，绝不是一种赞美；事实上，艺术家并不适合"像鸟儿一样歌唱"——那是他对自己原形的独白和焰火，而我们如果在其中阅读到真彻充实又伟大的东西，这东西可能并不是来自别处，是创作者，或更可能正是读者无意间留下的东西。因为我们有同等的忠诚，同等伟大的内心，和同等的直接表情。这就是尚扬的诗。尚扬所有作品的生长式发展都让我觉得，仅仅摆脱或佯装摆脱种种束缚是不够的，而是要转度，修正并获得这种东西，让它为新自然所用。尽管物其实还是物，但你用了无比的勇气，即使你觉出的东西是旧的，但它的意义已是新的。

人心的想象力一直是从真实的自然界呈供的素材里创造、再生出另一个想象，甚至随心所欲的自然模样。尚扬对自然的译本（恕我冒失）有时比"自然"原文还要好，还有省略和简练，那是一种极限。因为没有模仿，没有规律，也不押韵……的确，不可能用更为原貌的方式对自然和自然性灵进行修剪了（本质上，我们也不仅说是自然）。万劫有相，这是最自然的天人应答。人最好的时候，一直有这种叙事的乌有乡的神奇共鸣、呼应和巧合。

尚扬有师长的形象，显而易见，这个师长不是阐释条例、传授孤零零知识的人，也不是训练人习弄课本并加以背诵、记忆的工作的人；而是以自身为榜样,是教人待人为艺的方式,是教导人挺身面对瞬息万变的自然和艺术创新而必需要的风范的人;师长有时是思想律规本身。像所有名副其实的先生一样,尚扬并非一个滔滔不绝的人。他曲折行事,又坚定己见,严于律己。只要他一到场,就立刻显出与众不同的清洁形象。这清洁写就了一个又一个自然,自我的清深奥秘,和心自然的界限。多少年后,人民依然能够听着尚扬原本真彻的讲述,一个新世界,一个人,没有同类,那是一种标准的境界。

夕拾

尚:艺术就是你们这些人努力去把别人做不到的事情去做出来,就是要你去跟神进行沟通,要你用一个东西去告诉人们不可能是可能的,把别人没想到、没看过的东西,通过你的想象,通过你的创造让别人看到,老天爷要你做什么呢,就是异想天开的事情。

尚:1957年到1965年我在读附中和大学,那时候我打下了艺术基础。那时候的视野比较窄,我是在画册的字里行间,或者说一些很小的印刷品里,看到了塞尚、高更、梵高、毕加索、马蒂斯这些人,我看到了跟革命的东西完全不同的东西。后来我才知道它是真正属于艺术本体的东西,它是关于人性的东西。对苏联的东西,我就发生了一些兴趣上的改变。那时候我用沙子来调颜料画画,后来更有点过分的就是,画课堂习作,我就把稻草跟油画颜料调到一起,把稻草放到画面上去了。这个在六十年代的高校里头是很反叛的事情。所以有时候是命

运使然，早年的贫穷使我依赖简单的材料创造免费
的绘画。我的生活经历培养了我，造就了我，所以
我后来在用材料的时候，一点不觉得陌生，是它让
我多了几只手，多了几种脑袋，当拿来之后，我就觉
得用上去是恰好的。到今天，我觉得离开了材料我
就不会画画，不会做作品了。

尚扬大学毕业后中国经历了特殊的时期，十四
年后当他三十七岁时，他再度拾起画笔，考入湖北
美术学院读研究生。

尚：那时我已经开始酝酿要走一条我在大学时
代就想走的路。

凌：那是一条什么样的路？

尚：就是选择不按苏联的、俄罗斯的方式画画，
我要把艺术本身作为一件重要的事情，按这条路走
过去。如果我按原路走的话，只能针对客观，只能
按照要求去做，主观是要受到批评的，主观永远是
次要的。但在我后面一条路上，主观是第一位的，
能动性是第一位的，创造是第一位的，异想天开是
重要的。

尚：我在 1981 年到 1983 年，每一年都去陕北，
我要做一件事情，就是把过去所学来的东西，全部
忘掉，我用一种方式把它推翻。在那里，我不用传
统的方式去写生，我在黄土高原那边就用了一种高
丽纸来画油画。在高丽纸上画油画不可能画那么
深入，不可能把形体、结构、解剖、透视、空间都画得
那么完备，就像用左手画画一样，就像是用一种很

陌生的东西,把过去的思绪切断,这让我完全摆脱了俄罗斯和苏联绘画的影响。那时画出了《爷爷的河》《黄土高原母亲》《黄河五月》这些作品,而这些作品其实是我的副产品。

凌:副产品?主产品是什么?

尚:主产品是我把过去——大学和附中所学的东西慢慢抛弃;是我实践而来的一种平面的东西;是我能够再不像以前那样去画画。

凌:对此我觉得特别有意思,您做出的这些作品其实在当时的反响都是非常好的,您却说这只是你的副产品。

尚:因为后来我的风格很快又很快发生了改变,八十年代中期我已经开始关注外部世界,那是一个多么开放的世界,但是我的作品又太地域化,有局限性,要摆脱地域化就像我要摆脱俄罗斯和苏联的艺术对我的影响一样。我要摆脱地域化,那我就不画地了,我就画天,画《二十八宿图》,画《天体》,画哲学,画空间和时间的关系,在八十年代中期我就干这个事情。这些在今天来看就是一个学习的过程,一个尝试。画面上的形象妨碍了视觉,不要太学究式的去对待视觉问题。因此我才做了《状态》,做了综合材料。

凌:这几年做的《大风景》,其实是表达一个主题吗?人与自然?或者是对当下社会的一种折射?

尚:应该说我从九十年代初期到现在,只做了一个主题。从《大风景》开始思考,我对人和人的未来的关注、对生态,对人和自然的关注,这种关注是基于当时中国的现实状况。所以我就觉得在这个社会环境里,不管是物理的、心理的空间还是生理的空间都发生了挤迫,挤迫得人透不过气来。实际上是人病了,人病了社会才病了,社会病了风景就病了,风景病了它就反过来对文化、心理都产生了影响。

凌:那您认为好的艺术创作或者艺术作品的标准在哪里?

尚:最重要的标准,首先它要真,就是真诚,就是你贴近自己的这种情况和心境,这是第一个标准;第二个,它一定是视觉的。

凌:好的视觉标准又是什么呢?

尚:它既在天上也在你心里。你看今天这个世界上发生这么多艺术问题,一个标准是不够的,几千个标准也不够的。每一件作品都有它自己的标准,但这个标准又是统一的。对艺术的经验、对艺术的理解、对艺术灵魂的把握,使我们有了共同的一个标准。我自己也设定一个方式和答案,这种答案其实是动态的、随机的,也许它就在一个尺幅的变化之间,也许就是材料要推翻,这真是做艺术最有意思的事情,这才是艺术本身应该有的魅力。

凌:那尚老师您今后的创作会是什么样的方向?或者说会是什么样的一个状态?

尚:从九十年代开始我就在考虑人和自然的关

系，人的生存问题，这个问题使我不停前行。在思考这个问题的过程当中，我也赋予它一个很好的视觉表达，这种表达仅仅包括三个要素：当代的、中国的和我个人的。

> 荒原何多

何多苓

· 毕业于四川美术学院,成名于二十世纪八十年代。作品多
次获得国内外大奖,作品被中国美术馆、福冈美术馆、龙美术
馆、松美术馆、余德耀美术馆等海内外重要艺术机构和收藏
家收藏。

· 二十世纪八十年代初,何多苓以油画《春风已经苏醒》《青
春》、连环画《雪雁》等作品引起轰动,成为中国时代精神与人
性光辉的记录者之一。自1982年推出油画《春风已经苏醒》
以来,他不断有新作问世,画风悄悄地变化,形式、语言在逐
渐完善。从1992的作品《今夕何夕》颠覆其一贯恪守的焦
点透视法则,首次使用双重空间的处理手法,其后的作品风
格也更为融合中国古典绘画风格及诗学。

· 何多苓的艺术具诗意的特质,重绘画性、唯美、优雅、感伤,
他追求无拘无束的自由,并充满人文主义关怀。他的艺术造
型功底坚实而全面,落笔之处,人物、景象充满生命活力。他
在形式语言上所推崇的单纯和气韵,与中国传统水墨画具有
异曲同工之妙,在洗练中见细致,于单纯中现复杂,表现出超
然的精神境界和极具时空广度的艺术追求,也潜移默化地影
响着一代代青年人。

后言

在花园的角落
穿过第一道门
走过我们的第一个世界
我们要不要听从画眉的欺骗
人间的孩子
与一个精灵手拉着手
走向荒野和河流
因为这个世界哭声太多
他不懂

凌听

独行何多

在花园的角落里,穿过第一道门

在花园的角落里,穿过第一道门,走进我们的
第一个世界,我们要不要听从画眉的欺骗?

我们步入园中,穿过满墙怒放的蔷薇,遇见伏
地的金合欢、白色的绣球、紫色的茉莉、粉色的樱
花、星星点点的灯笼花,梅州的红枫转到深秋变红,
桂花会在十月满园飘香。

从前花园里有两棵高大的榆树,你想象多年以
后,茂密的树冠彼此靠拢,整个天空,阳光不再洒
下,渴望阳光的花就会凋谢。孰料,去年的夏天,某
个暴风雨后,大风吹倒了这棵大树,倒在了水中央,
把十三米长的泳池盖住,你选择了自然的选择,让
一切顺应天意,自然地存在,自然地离开,留下另一
棵独自在你白色的房前呈现绝美的姿态。

走进白房子,搬一张白色的椅子坐下,望着花

园中央一汪碧水的泳池,思量,这抹蓝是天空的颜色还是水池的颜色。望着不再被榆树遮蔽的天空的光明发呆,时间和晚钟埋葬了白天,向日葵会转向我们吗,铁线莲?

此刻的你,转向了摆放在花园的画架前,转向了那朵橘色的月季,握着画笔的你潇洒自由地在画布前游走,你告诉我自然的构图是最美的,往天空抛8个小石子,落在画布上,一定是最好的。自然界有它的节奏,有很多你想像不出的问题:花为什么漂亮,是无垠复杂的形态,是不断的变化,是微妙的色彩,抑或是为了让蜜蜂来识别它,可是蜜蜂它需要那么复杂的识别吗? 你很较真,会认真地去翻阅这方面的论文求证,却从无答案。

几乎你的眼睛从不看你的画笔,它自觉地伸向那个调色盘,起笔、运笔、直至收笔,笔触中自有它的韵律和节奏,这一切的发生似乎太快,快得来不及思考,其实手就是你的思想,每一个手指都有自己的灵魂,你只是兀自让你指触的灵魂说话。

河在流,黑鸟肯定在飞

从午后画到黄昏,直到夜幕降临。

摄影师的布景很有深意,我坐在你八十年代的《青春》里,你坐在你新作的《白银时代》前。空旷的房间,坐得再近也很遥远。今夜,我们讲述的不是客观的美术史,而是独属于你,一个人的艺术史。

有些人天生会诗意地生也终将诗意地死。

最冷的冬天的夜晚,你享受独自一人开车回家,享受那一团什么都看不见的黝黑。那黝黑包围着你,让你想起了下乡知青的感觉。《春风已经苏醒》是那样的感觉吗?想象你衔着枯草,坐在大凉山的荒野上,所有的人回城了,你竟然窃喜可以一个人待在那里仰望天空,你享受着孤独,孤独会滋生苦涩的诗意,而那样的诗意更多地夹杂着一种难以名状的不可知的感觉,如同身后那《青春》里小女孩迷茫中带着一点理想主义的懵懂的美。在创作《第三代人》时,你遇到了你所要的女孩的形象:敏感、惊恐、忧郁、不安、茫然的复杂表情,你高超的绘画技艺下,连表达高贵都可以量化落实到每一笔。

你在诗歌里得到心领神会的东西,你说你不写诗,你,画诗。随后,你从书房递给我那本诗集,我分明感觉你递给我的是你和她的故事。诗集的第63页,你用淡淡的红线划出那句:皂角树站在窗前,对我施以暴力。那诗句是创作《小翟》的缘起,空空的房子坐着一位美丽女子,房子上方有一扇小小的窗,强烈的光线透过窗子射进来,有些尖锐,好似把人或刺或割了,略带惊恐和慌张。

你读到史蒂文斯的诗句"河在流,黑鸟肯定在飞",你说诗歌让人着迷是因为无需看懂更无需解释,你欣喜地感知了那份动荡的画面感,于是画出了《乌鸦是美丽的》,画出了《蓝鸟》。那个年代,你画出了太多令人难忘的诗性的谜样的作品:《向树走去》《午后》《偷走的孩子》《雪雁》和《带阁楼的房子》。

望去，墙上挂满了各个时期你的作品，八十年代的凝重到九十年代实验找寻性的探究，到2000年后飘逸虚无空灵的淡，到如今这张《白银时代》的苍凉厚重，直至看到你那张用炭笔描绘的充盈着中国古画精神气质的写生花卉，都是单个的你与你的艺术图志。

你从未宏大叙事，也从不随当代艺术形式而逐流，你骄傲地藏在了你营造的平静的理想世界里，单独旁观树与森林的对折，从未求同，只为求己。而这些作品是无言的证人。

去年的冬天，你说你在描绘忧伤的俄罗斯女诗人阿赫玛托娃，几度，她把你画抑郁了，于是停在那儿。

时光如水，水在掌心滴落的时候有那条河的味道，有时在某个时刻，浮上水面，恍如梦境，你留下了不变的永不变。透过这些作品，方才惊觉，原来我们喜欢你已经很多年了……

打开侧窗，用雨水来交换音乐

你的很多年，在成都，我们用三天的时间走近你——走远你。

第一天，走过你从出生起一直待了三十年的川大校园，父母的院子已成废墟，林荫道上的大树依然还在，童年的你经常对着树上的蚂蚁玩上一天。

那时你就有着天然的探究未知世界的热忱。

第二天，走到你亲手设计的带阁楼的房子里，那套珍贵的1987年创作的连环画《带阁楼的房子》会悬挂在靠近天窗的错落的空间里。你说很多个夜晚不眠不休地趴在桌前一直画着施工图纸，很多的夜晚你也会在电脑前用音乐软件打着舒伯特的曲谱。你兴致盎然，你成了开放的文学、诗歌、绘画、建筑、音乐的百科全书，揉在一起是你独特的绘画的气质。

最后一天，走近白夜。白夜的酒吧举行着一场中美诗歌的朗诵会，小翟是主持，依旧美丽。你捧着斟满啤酒的玻璃杯，一堆人围着，你洒脱地笑着。

突然浮现那样的画面，中央美院的篮球场，一堆人在打球，一个人兀自盘腿坐在角落的水泥预制板上，还是学生的毛焰远远地看着，他说一看就是你，那形象，那气质与他想象得一模一样，有些人的内心天然就是孤独而高贵的。

白夜的朗诵会上，和您台上共同吟诵的最后诗句：打开侧窗，用雨水来交换音乐。

交换的音乐也许是你喜欢的肖斯塔科维奇的《第二圆舞曲》，轻松的旋律里藏着淡淡的忧愁，什么都没说，却说出了一切。也许是肖邦，很多人认为，肖邦的音乐只是忧郁的、感伤的、唯美的，霍罗维兹认为，肖邦的音乐，深度、厚度，还有力度、强度，远远超越了这个层面！在我看来，你的绘画也是如此。

　　雨夜的路口，你吹起了欢乐的口哨向我们告别，背影与我们渐行渐远……你叫何多苓，别人都叫你何多。

　　何多是个复数，而何多苓永远是一个单数。

冷眼

何多苓坐在他的"白银时代"前，像一首呼吸着的诗，一首情诗。他发明提炼出一种(虚无、单纯的)第一人称的"阳光叙述"(和技艺)；光线永远是"竖着穿透"灰色的，没有"道德"的阴影，像白夜，像阳光下的废墟——那时他朦胧幽微的分寸，光泽和人情味，是他不断敞开的心神，是他灵魂无神的赤诚相处。落笔处，形、色、笔、意生创出一种精雅内敛，又纵浪大化的无拘无束原诗空间——很多故事(或手艺的事故)在他瞬间的呼吸、手感下，一丝不挂、蜷曲、平衡、完成或流失。那是他无用的、多余的诗句。诗意杀人。

何多苓的创作总能在时代文明出现新的特征、新的变革的时候，微妙地与时代特征有着精神上的对应。七八十年代剧变时期，他替一代人表达出最初、最真情，也是最好的浪漫感伤，非常直觉地画出了那一代人、那个岁月的苍凉、虚幻、朦胧、一无所知又无所事事的身段和台面。一根一根的骨骼，一个一个黯淡无光的浪漫,那些冰冷的生命欲火,是那个年代罕见的品种和人性悲痛(不是某个孤独人的忧痛,是无数人共同的呼愁)。那年头你的艺术和"人"勾搭,我们认识你。

八十年代向九十年代过渡,社会、经济的再变革期,何多苓同样用他一贯深沉的个人图式,画出转型期人的复杂心理、精神和性格上的象征、诉求……直到二十一世纪,他更用大量的作品,形成自己非常自足的艺术世界:一方面他回应时代,感受时代变化的疯狂;另一方面他特立独行,不断地逼近自己的思想、精神、情境,体味内心高贵的灵魂叙述和语言形态。他的艺术是真实生长的,既不简单回到中国古典传统中,也不跟随模仿西方现代艺术的表面形式,他保持真实的体验、感动和自我醒省——索之于未状之前的那种单纯品格,像他作品里许多灰色层次,那灰,本身就是一种独立的色彩,是他的骨头、鲜色往事、幽微滋味,他们自成一统,自给自足。这是何多苓的味道。他始终是这个时代中的艺术家,他自身三十多年的生活变化、天分、激情——呈现的是一个真实的何多苓。人始终呈现自己,人终于把自己交付给自己。其中的异彩之处,就是我们在每段时刻、每幅作品中都看到陌生又丰沛的何多苓出现。他就这样写了一首一首诗,一丝不挂。

何多苓身上有一种特殊敏锐、紧张和"幽悲"的书写,像汉语中独特的原诗歌韵,一种无法言传

的活物质。这忧痛有着明显俄罗斯森林文学思想
的标识,这种由音乐、诗歌等唤起的情绪,是他对待
生命、创作的重心和方式,是他活脱的"形",是他
思想元魂隐秘的介质……艺术就是这一系列重复
的情况,后来我们分配种种——怜悯、寄托、遗忘或
尘封……没有一定的解决方法,艺术家是走钢丝的
人,而创作正好是描绘这种钢丝上的不自然、挣扎
和忧伤,也许在这种挣扎与忧伤中存在着我们艺术
创造的源泉。留下一个乌托邦的位置,一个"南方
思想者"的位置,一个节制安静又泰然自若的理性
位置。人性的文化需要这种"伤感"的位置。

　　何多苓的忧伤看起来是野生的,像他成都的花
园,懒散、芜漫,没一点人工痕迹。事实上他画里许
多怡然自得的细节,那些树、那些花草、鸟虫叫声,
再随便用一些人的形象在里面(这随便是回家的意
思),都是院子里的内容。我们全程实拍过他在花
园里的一次写生,他像在田野写诗一样。很随意地
摆放画架,从一角一朵的自然光野景勾写起来,色
彩、光线明艳、疏离,笔意无碍。那是真正的写生,
直接面对。但画出来的东西也不见得和对象完全
一样,他总是捉出自己特定的体验、形色、诚实、二
维三维并置空间、甚至气候刺激,不玩任何"意义"
的游戏,不玩所以不会有歧义。只见剪裁减去无关
紧要的东西,一遍一遍地减少,像是自由的多情练
习。事实上,他只有内心的闲散自然,愉快和镇定,
激情和神秘超验激情。不是画花花草草,那是深情、

享乐、冥想和自由的白日梦，那是他放下又放下的超常境地。一个活脱脱的人间。

他的作品无论大小都有灵魂的单位。我特别注意到画室一角有几小幅画类似写生风景、人物，那润渴形质的大写笔意，来去自然，虚实相孕，形迹在有无之间。其中一幅似乎是速写女性头像，成法于心，化人物为画，为笔色，为自然，为自己，包涵着神奇神秘的精灵，让人从中不断地提取无比慌乱的感官快乐。我几次忍不住朝它走去，还不能认识它，感谢上帝，我不能逃避这些速朽和神奇，我要体验到深深的厌恶、损毁、恐惧——艺术旨在永恒的目标似乎已经不重要了，而是在于在瞬间之中追求过程，超越的过程。这是事实，能映射"心境"的过程会打动那些创造艺术品价值的人。我不知道其他观者从中能获取什么，但我立刻认出这个画家获取了作为画家的自由。他认出了对象，我们也认出了绘画本身。我解释得很笨拙，我所体验到的比我所谈论的更强烈、更诱惑。艺术创作从来都不是归纳总结和智力游戏，艺术作品甚至是扰乱或束缚智力的。我们忙着取悦观众，取悦知识，还没有想到去取悦自己，这人就没了。

用生活、文学、音乐体会去审思、创化，画出不断接近自然与人文平衡的"东、西"，这是何多苓的自在直觉想象，层层心境笔意，全凭喜好、直觉，不在观念、浅薄的技巧纠缠；这时而尖利、时而美艳、时而简古、时而流润缠绵，或白中隐青的杂花、冷雪肤色、蝴蝶青春蜂蜜雨虹吸雨吸露,虚虚实实。这是他的大欢喜,我也看重这点,因为这时候人性有说服力,但表达"人"永远是困难的,因为人不肯揭发原本野草野火的样子。何多苓的想象和情绪是真的画出来的,不是想出来的,他带给人欢愉、沉思、思考,种种逆觉的单纯和野兽就是美,是真美,美就要重复一千遍。但他的孤独忧伤是永远也收不回来了。生命的文化需要"忧伤",这排山倒海的忧伤啊。

何：我不喜欢什么事一窝蜂地上，什么潮流、运动我都不喜欢的，但我承认很多运动是很伟大的，但是我不一定要参与。

凌：你可以关注。

何：就是说有一个客观的美术史，还有一个我个人的美术史。我个人的美术史那又完全不一样。

凌：是不是你的艺术的呈现状态也是完全尊重您内心的选择？

何：当然了。我觉得这一点我跟毛焰很像，我们都按自己的需求去画画，并不按照潮流去创作，大家在做什么，我不是不关心，我们很关心，但是自己怎么做是自己的事情。

凌：我刚刚看你在写生的时候，是蛮享受这个过程的。

何：对，非常享受这个过程。尤其是当黄昏，鸟归巢的时候，一下觉得好像是在古代。有点脱离现实了。脱离现实对我来说是一个很好的词。

凌：你是故意要和现实保持距离？

何：对，我觉得现实不值得入画。我的画都是写实但是它并不现实。我有个很固执的观念，我觉得现实跟艺术的距离是很遥远的。我要说得刻薄一点，我觉得生活本身太过平庸不值得入画，我觉得我画画的世界应该是一个更为美好的世界。

凌：你觉得你第一幅自己真正满意的创作是什么时候？

何：那还是《春风已经苏醒》。我们当时的老师不让我画这个毕业创作。他说你究竟想要说什么，你这个画的看点在哪儿你告诉我们。我说不出来，所以他不让我画。我就偷着画，后来老师很生气，连分都没给我。我想纠正一个叙事方式，就是画画的本身可以画得很情节的，让人一看就知道什么故事。这种画也很多，而且很多也是好画。但是，我喜欢的画不是这样的，我喜欢的画，比如从《春风已经苏醒》开始，包括《青春》什么的，没有什么固定的叙述方式。这些形象、我的线条、我的色彩，就是我要说话的语言方式。

凌：你当时一系列画都是跟青春和知青有关系的。

何：我画了一些关于知青的生活，《青春》是比较重点的一幅画。当时还是有一些宏大叙事的那种要求，内心就想画一个像纪念碑一样的作品。所以我就选取了几个典型的场面，比如说一个地平线、一只鹰、一个女知青，这个女知青我觉得代表我们这一代人。下乡的时候，那么苦的生活，绝大部分人都觉得非常苦难的这种日子，但是我居然从中体会出很多很多非常宝贵的抒情性的东西。我回忆那段日子，自问我为什么可以从这种生活中去体会到一种近乎美的感受呢？我觉得是不是我天生就是要审美，这个也就注定我成为一个画家。

何：八十年代的时候我受欧阳江河、翟永明的影响。看到西方的当代诗歌时，我觉得太棒了。我根本不打算去看懂一首诗，我就觉得它的好处就在于我根本看不懂它，而且不需要去看懂它，而它的力量就在于那种整体的语言的错乱，像神经错乱一样的，或者一些废话，一些倒置、并置或者是意向非常混乱的东西，这些让我感到很激动。比方说艾略特《荒原》的第一句"四月是最残酷的月份"。你怎么解释这个话？为什么四月是最残酷的月份？看了类似的这些让我心里觉得太爽了。我画的《乌鸦是美丽的》，直接受史蒂文斯的《观察黑鸟的十三种方式》影响，他说的黑鸟其实是乌鸫，但是我想到了乌鸦。他里边的句子"在五十座雪山之中，唯一在动的是黑鸟的眼睛"，中间有一段就两句"雪在下，黑鸟在飞"，我觉得太棒了，为什么棒我说不出来，我觉得这种感觉在我心里激起那种动荡，一下子画面感出来了，我看什么东西都有画面感。

何：九十年代，我就引进了一些宋人画的肌理。所谓肌理就是因为年代久远留下的那些疤痕、水痕，就是时间之手画下来的东西。我对这个感兴趣，我就把它用到我的油画的背景上,我前景还是画我想画的东西,但是背景上我把这个东西用上。我觉得好像进入了某种时空的感觉。当然这是过渡阶段,2000年以后,我觉得稍微有一点苗头,笔墨上我有点感觉了,有点那种气韵了。我就是学它的一个精神,把精神抽象出来,融汇到自己的用笔里边去。

凌:你后来到哪一步的时候觉得你的转型是你要的转型?

何:就是差不多就这几年了。花了很长的时间,2007年到2012年,我的个展是2012年。那会儿就开始有一个阶段性的成熟了,我自己也比较喜欢了,画起来也比较自由。

凌:回头再看看,你各个时期的这些东西一直在变,你最喜欢自己哪一个阶段的创作?

何:还是现在的,我还是对现在最满意。我这人不是太恋旧,以前的画画过了我就算了,放那儿了。所以这画不在我手上,我也没有什么很遗憾的感觉。尽管很多人喜欢我过去的东西。但是我还是喜欢现在的东西。

凌:那你今后的东西呢? 你有什么想法吗?

何:我觉得可能会更好一点,更成熟一点。不变的就是这种感觉,就是你能认出我的画的这种感觉。

凌:女性还是会作为主角?

何:女性当然是主角了,但是也可能会画一些男的,还有就是一些风景吧,一些消蚀的或者正在消蚀的风景,都会长期的有的。还有就是画面上的人可能只有一个,不会超过一个人,我不喜欢太多的人,不喜欢大场面。而且我的画跟我这个人特别像,我要给自己找到一个世界,可以在里面立足,然后我才可以在这个现实中生存下去。

毛焰

· 1991 年毕业于中央美术学院油画系,现居南京。

· 毛焰探讨的不是"肖像"的意义而是"肖像画"的意义,是
借用人物的轮廓和动作来完成线条、颜色、构图的实体化,是
在写实主义的框架下探讨深幽微妙的人类精神世界。说到
底,单纯的绘画不过是一个世界的再现方式,在这一点上,毛
焰作品的意义不在开创,而在最准确的、不受时代杂音影响
的传承。

· 近几年,毛焰个展相继在北京、日内瓦、纽约、香港举行。

卮言

渐渐透出一种灰白色的光
光缓慢地退缩
最后凝聚着一双带刺的眼睛
晶莹剔透
深邃而疲倦
但很快地闭上
以闭之眼
拒绝了黑暗赋予的所有宝物

凌听

画中毛焰

梦的泥沙俱下

　　他把自己凹陷在皮沙发里,盛满威士忌的酒杯与他定睛的眸子光影相互折叠……他讲述了很多年前做的一个梦:广袤无垠的沙漠,了无植被,沙被风扬起,天地混沌,他在找一个女孩,一路追问:"她在哪里?"浑浑噩噩,没有答案。

　　这个梦让人联想起电影《英国病人》里的场景,1939 年 9 月,北非沙漠,艾玛殊把伤势严重的爱人留在泳者之洞,他走出岩洞寻求援助。他穿过黑暗,来到沙漠里的满月底下,没有卡车,没有飞机,没有指南针,只有月亮和他的影子,他等待着星空的指引。他向前走,直到同他的影子一起迈进山丘的影子。他对着岩石大声呼喊她的名字,回声成了激励自己声音的灵魂。

　　那一刻梦醒之后,他说也许爱情就是绝望。而我却一步步试图想去体会毛焰某一刻创作的状态：泥沙俱下。

和毛焰在南京的三天，雨一天，阴一天，烈日灼人又一天。就是这三天，摄制组的我们与毛焰在他的画室里拍摄、喝酒、聊天、读书、画画。有时，会路过水池边堆满各种不同品牌年份的威士忌，有空的也有满的。有时站在他的画架前看他画画，身旁是纷乱的调色油、油画笔和堆成小山形状的颜料。更多时，我们坐在堆满各式文学哲学诗歌画册的沙发里和他聊天，狂热、克制、冷静、醉是为了更进一步的透彻地醒。

他说："你要提炼非你莫属的东西，那是你殚精竭虑的结果。有东西莫名其妙地指引你，于是你不计工本，不计时间，毫无保留。你不能有任何私心，你只能去接近，尽可能地去做。你自认为自信满满，却发现彻底的失败。于是你不再冒进、你如履薄冰，你不再是某种情绪的酝酿，创作中有泥沙俱下，有五味杂陈，最终你回归到最纯粹的塑造之中。"

午饭期间，毛焰特别播放着他钟情的《哥德堡变奏曲》，他唯一聆听的是古尔德的版本，古尔德偏执、孤僻、散慢。孤悬舞台，猫腰、耸肩，他蜷缩着身子，双手在琴键上肆意挥洒他的天才，耳边流淌的巴赫，音色晶莹，节奏意想不到却恰恰刚好，每一个音符都是古尔德。古尔德说：这音乐无始无终，无真正的高潮亦无低谷，就像波德莱尔的情人一样，悄无声息地落在来去自如的清风的双翼上。

他人吟思，而我思吟

黄昏五六点，巴赫的音乐，画室的光，毛焰的右手和古尔德的双手，异曲同工，密集挥洒的背后是情智的灵犀所指。

时有天窗的光透过来，投射在画室的每一个角落。太多的物什堆积起来让你手足无措，好看的灰蓝色的窗帘屏蔽了一切的杂乱无章，画笔、画架、画册、颜料、各色酒瓶、茶叶，墙上地上他的油画，完成的未完成的，容易让人产生幻觉和麻醉。

试想，每天，他是这样的姿势，躺在如山的文学哲学诗歌书籍的沙发里喝点酒，看会儿书：蒙塔莱诗选、穆尔齐的散文、曼德尔斯塔姆诗选，随手拿起翻阅，佩索阿的《不安之书》，读到认真处，会不自觉地站立起来，用小小的黑色钢笔做标记：大多数人用感觉去思考，而我用思考去感觉。

用思考去感觉的产物，是那本厚厚的藏在重叠书籍中毛焰的那本红色的手抄诗集。

喜欢他一行行划出清晰的黑色钢笔字体，修改之处用的是干净的涂满黑色的补丁。画室的时光多半一人孤寂地待着，一切纯粹到只想用诗的方式和另外的自己对话。

我不在这里或是那里，我只在此时此刻……我害怕的是那些幽暗之处，它们经常伸出手，将我的双眼蒙住，说你所看见的那就是全部。

此刻的黄昏，有落日，有天光，有烈酒，有好书，空气弥漫充盈着珍贵的眩晕的宁静，《英国病人》里艾玛殊伯爵也有一本永不离手的手抄本,希罗多德的《历史》被他写满了私人日记,贴满地图和照片,甚至还贴着一片小小的羊齿叶。

诗在这一刻也成了毛焰的火焰,它一点点激活体内很多沉睡的闭合,威士忌喝了十多年,啤酒挑剔到最后,英国的 BrewDog 成了他的最爱。

托马斯画了十七年,也许会一直一直画下去,而我们谈画的话题居然是从我喜爱的希腊画家格列柯开始,到他爱的德拉克罗瓦、戈雅、提香和丢勒。他喜欢该有的绝对。他确定有一种绘画的理想和高度是上帝也给不了的,他相信唯一最好的诠释是非你莫属,他感叹连深沉也变成了假装,他期待绘画的期待是匪夷所思。

他说他与绘画与生俱来

毛焰的笔下多是他,鲜见她。

画室里各处角落摆放着各种姿态表情,不同时期的毛焰肖像作品。

面前那张托腮的男子肖像,好几个月一直搁在那里,就快完成,这一定是张杰作。看毛焰下笔的瞬间,竟笼罩圣洁的光辉,此刻的他褪去所有的动和燥,屏息凝神,他在画男孩的睫毛和瞳孔,他说他忘记了他在画具体的结构,他的意识自然地进入到了无我的状态。半小时后,停下画笔,他告诉我在画那个男孩的时候,他想到了西班牙的著名诗人洛尔迦。

艺术家有异于常人的敏感,这种敏感甚而至于错乱,错乱以至思维发散,是一种病态的集合,病是一种独特的天赋,越不治的病越复杂,越复杂的病就越难被理解与治疗,这意味着越高级的病它越没有对等的知音。这样的特征在绘画里无比可贵。

毛焰最开始害怕描绘女性,会手软,会没有力量,他无法接受他作品的过分唯美甜蜜,他期待绘画的主动性。他试图去画出人体的那种腥味和猛,如此再回头来完成他的女性系列。

他说艺术不能装疯卖傻,即使完成一种满意之作,你还是要经历无数次的确认和它来一次清算。毛焰偏执却自然地画了托马斯十七年,不同的感觉、角度,到最后,时间自身的演绎,给了他一个答案,一个暗示,那就是早已经不需要设想什么,每件事情有一个自然的结果,无论如何可能都是好的,是对的。

《英国病人》的艾玛殊,他忘记了自己的名字,忘记了他从哪里来,而毛焰呢,一样的缺乏着归属感。湖南、北京、南京,问他是谁?他在哪里?他笔下的他是谁?他为什么要这样画?都没有答案。

冷眼

对毛焰能说些什么又不能说些什么呢？

毛焰那么早熟、讲究，自负又节制，也"雅好孤独"一类，沉郁又超然得让人难以捉摸；而画布上的克制和克制里的危险、哀情、灵性，像是他最好的东西；充满了创作中最动人的精微和脆弱。最好的他在他最好的骨头上寻(最峭的)刺和徘句，他甚至有意无意陶醉于赞神的自我表现和自我激情(我们都玩这种智恋技巧，把想要强调的东西反复强调出来；所以沉醉的时候我总想，人是否真的有话要说)。他出手慢，很慢，因为没有其他动机。不多不少，数幅、数首之作，便有臻于一生的完好。这是一个孤身的阴影，一转身就回不来的。

事实也是，他是用来"告别"的那种艺术家——像最后的一片落叶，最后的一场雪，再也不会回来的那种告别；带着他的狡黠(和说不清泥色的根基)。隐身在江南稻作文化的诗性里，毛焰一幅一幅地与我们及他的命运告别，留下难以捉摸的戏真

和杰作，还有一点冒犯（更真更隐秘的毛焰一直在冒犯的背后，在无边的黑暗的路边守候、漫游、消弥。这是他另外的创作了）。

毛焰讲究。毛焰讲究的时候有种更加小心谨慎的希微之情与颓意。他讲究的时候，我反而看到一种贫穷、清洁的形象。如新摘的花青，有种单纯的无羁；我首先以为这是一种巨大的人生热情（我不相信冷静的心中的一切），好像一个老而纯粹的艺术家在做最后一种无法补救的青春寻访——比如无意（或有意识）地成为你画中的每个人，成全每个莫测高深的完整自由的自己；你为每幅画选了这样一个迷（因为你的手不相信它的"自然之手"能被解开）。你和画中人一样表面冰冷，内心却是波涛堆雪。这是一种真实的匹配，又有点像你布上不可言说的灰色的灵感，种种庞杂、警惕、脆弱和穷究文辞的华美技艺。这个譬喻或许不够准确，因为毛焰象征式的清贫无羁比一般"自然"来得自然。他爱茶，爱酒，爱文学，爱女人，爱深思熟虑的绘画……艺术家渴望绮丽的时候，就会自行创造一个世界，并且沉浸其中；其引人之处是（那是好多剧烈的精彩出处）每天在高蹈的姿式里看得见你陌生的新事体、新挑剔，还有那种深入骨髓的孤独感。我见着他对这孤注倾入的全力身心（所有身心的忧伤我都要看两遍，一遍是欢欣，另一遍还是欢欣；因为这是奉献）。毛焰的每一幅画都是一个孤独的图景，一个人独自坐在一间房内和一颗被抵押出去的心。这孤独是一座旧花园，聚集了很多阳光，却抛下无数灰色和沉默；最后统统泥沙俱下各得其所。公牛、时间、茉莉、大象、女孩、骨骼、风流、茶……他想让所有的情形看起来都合情合理，我想他是编了谎话的，所以我们都很高兴。创作、生活的荒谬自由混沌之乐不过如此腔板。这种独享的灵感、满足、乌托邦往往是说不清楚的——估计别人也不会懂得，所以他没有浪费口舌。

毛焰只属于读懂他的人。

尽管毛焰"常常谈的是心怀鬼胎之类的……"（毛焰自语），但他的感性其实是"温和"的，和他诗歌、书法创作里的温良一样沉甸；他需要赶紧画一张画来平息这种天真，但他绘画里的精神强度晦涩、冷洁，让人眩晕陷落，但充满诗意。一种未知的朦胧墟落——没有脚灯，整个场面都不外露。他表面上几乎不带情绪、不带感情的认识、视角，配得上他淋漓尽致的刻画和复杂，所有的华美、哀歌、暧昧、邪趣统统被混入隐约松驰的毛式瞬间"书写"。这"瞬间"书写带着灵魂到肉体的舒坦——我以为首先要让自己高兴起来，用心的作者才能描出更别意的另类剧烈——"孤芳自赏"就是这种别格的品质；因为艺人一直骄傲，付出的又不肯说清，一声不吭地雪藏起来（创作里的"虚荣""虚无"就是这种不言不语的深情，消耗，一种华丽的炮灰）。毛焰的"人物"都不急不躁地守在他一扫而空的灰调叙述

里,苦是必要的,稍微涩一点;挽歌调的灰色是挥不去了,仿佛毛焰的披霞和百感交集。这灰颠沛、病痛、孤绝,契合那褪色的、褪了又褪的托马斯(长河式的)"虚像"。毛焰的虚像角色,象镜中反射的一种有刺的凝视,真实无法共享。毛焰的"虚像"原形丰盛,他一直描写灵性的微光、剧场式的灰色与哀歌,而在他自己的灰色哀歌时刻,却近乎忍着不说——他就是这样把所有的东西保持到一个最低点,一个最基本的能量,并在这个"最基本的低点实现最复杂、最深邃的表达;不是深度,是深邃"。(毛焰语)不少好东西就是这般在沉默中准备,在沉默中完成,潮汐或涨或落;我们似要等那暗黑中的人生或戏剧,以此和这个时代的炫丽浮华保持简单沉默的平衡、平行(或正身相对)。毛焰独自在暗黑中增强,展示蚀骨的忧伤和物恋式的耽美倾向,以此不断"知道"来自深心高处的祈求或溅落。那是他独自沉思独自挽回的另类颜面和清洁。那是敬畏么?

毛焰的可读性全在于他笔下看似无精打采的无意识的损耗里,一种语意的含混、深入、晦暗的多重关系的完美结合;所有的人物、情绪、主题相等,放在他灰色天平上重量都相同;毛焰不表现表面的情绪。他貌似最不经意、温度很低的绘画都像是隐藏着一个陌生、克制、高傲荒寒的灵魂单品,那是毛焰的留白,是他为现实隐藏的一句重要台词。台词是什么我们不知道;这就是他给我的灵感。现实中他一直无故离席，一直幻想与庸常抽离；千肠百结，又肆无忌惮地独享绝境、诱惑、创作中的颓孤之景……这反而成了毛式的一个高辨识度的优质动作；理论上高难度动作就要被完全实现的。毛焰创作的能量都是被高难度的自身自然的语言落定、吁请并提炼，孤身一人。确切地说，毛焰很年轻的时候就以某种隐身长者的身份讲述个体沉默的精魂、失神和其他的种种灰色；诗也简单，心也简单。他细密、复杂、年复一年为自己创造了一个又一个精彩面具，这些"异名"的自画是他一次次的寒瑟、游离、甜蜜，一次次肉感的想象力和解题。特别是人本色、野蛮又消竭的时候，通过这些化身、面具、诗，毛焰一次一次填满他象征丰收的羊角和我们视觉、经验的深穴。这次灵魂是肉做的，杂沓着蜜刺的嗡响。

毛焰的手绝对自由，画看上去像是相反的表情在脸上自动颤栗交融；与此同时，逼真的诗和绝境像小偷被完全逮住。我想值得称赞的不应是毛式技巧，而应是被他克服掉的技巧；像来自灵魂本身的手，拂过额上、肋骨上的弯弯曲曲。这是毛焰与自身的上帝进行交流的姿态（是诗人朝向他的时代的原姿式），把只能维持瞬间的东西转换到额外明澈的自我怀抱中——人所要表达的是人从未曾尽意表达出来的；这直入人心"剧场"，它让毛焰的笔色有鲜活夹生的能量和孑然的状态，一直是他丢开大众单独为自己描下的想像让我们迷恋。他一直

有意地站在那里，一头大象的步伐，不急不躁地在
他饱满又够得着的地方，等待枝桠落下折断。他甚
至是拘谨地描绘着"原手艺"的能量（是能量而不
是力量，力量对毛焰来说，是粗鄙了）和手艺里的人
性、神色。每一笔都远离我们的想像，每一笔想像
的能量又互相珍玩，因为它们有了相互的欲念、相
互的表现。他像是为感觉的欲望皮囊画像，含着文
艺复兴的某种风格的诀窍。每处都听凭自然、人极
致的裁量，每次都充满灰色注脚——用铸铁、岩石、
其他捕获物，还有三平方公里的自由结晶。这是"毛
焰剧场"。

　　毛焰的肖像早已不是普通意义上的写真写实，
所有无聊的普常现实、细节、表面关系都妨碍人内
在自主又不拘的感觉、轮廓。人本身有天赋的能力
描绘"自身"，并在灵魂的虚实间寻出种种更加尖锐
的毛边"本身"。毛焰一直径直往内神走，异常专注，
不计后果，结果他顺自然地"成了"一个又一个逆
觉的元神、角色、异像和灵见；事实上创作到了某种
深刻的地步，东方西方、写实写意、传统现代来去自
由。如果仅仅是拥有大量的表面知识技艺，直接照
着模特的形实，而不是寻着你已经独立思考、理解
并模仿过的自然心、形体，你将永远是无聊自然形
实的奴膝；因为我们实在无法保持住什么"忠实"。
想想老大师们是怎样地驯服实物，是怎样深深地把
它们刻在记忆里，以至于不是实物在提醒他，而是
实物在顺从他，回应他（万物过眼即为我"原"有）。

人时刻想标刻出的就是这自然自如心和自由的诗意,按照自己的方式。这是自爱。

　　艺术家的角色是担当催化剂,是人与物间相互杂陈的点点滴滴的关系,像灵肉的互生互寄关系。当我们看到毛焰作画时的真实专注(人们不见得知道他认真的程度,这是他莫测高深的惯式)——他就"注"在那里(以从不跌倒的姿势接近他特有的狂喜),像圣画里的字句(字句里我们看到他各式各种的谜,而他本身就是一种解答);在他的字句里,我们和他都回不来了……人人都在谈论毛焰颓相孤境的技艺(表面上技艺隐成冰冷的东西),于是它就变得更加难以接近。一种流亡的技艺?冷冷地来,又不知所终地消失。回到哪去了呢?

　　如果技艺造成了伤害,那就是技艺的过错。毛焰的技艺采用了一种虚构或一个寓言形式时,才那么生动地生发光亮、光鲜。毛焰在神经末梢中激发出的敏感、独立之物,为我们提炼出遥不可及的真情实据和纯绘画的感染力。

　　毛焰的画涂得薄,很薄;调色板上的颜色不多。色彩上他坚持"自己"的固有色,不受或避免受光源的影响。事实上他减去多余的颜色(减弱立体感,淡化"肖像"的附属情绪),像夹在旧书页里枯花瓣淡淡的颜色、发脆的旧香气,那是纳博科夫的蝴蝶章——人和艺术的复杂其实都隐藏在平常的物事和单纯中。他专注于深度内心化地描绘、跋涉,专注于直接塑造、意外,甚至是怀疑、矛盾的方法,从不表演徒劳无益的激情（他激彻的光只有他才能看得见）。他似乎是抹掉了观者，用他才能释然的光线、角度，内心化地见着"自己"——一种苦心经营的视觉技巧、光线、精神使他不能不用一种神话或象征式的方法去描写。他也是这样接近他描绘的角色，守着角色的孑然门面。不管是遵循意志还是漫无目标地行走，他总是悄然地走到高山的顶上（那是上帝不在的地方），无缘无故地挥挥帽子，又走了下来……他的抽离、忽略、游荡、暗示等等灵感是"真实"在场（这真实是不可再得的）；大概是，谈论真实的人永远都不肯（或不能）说出全部的真实吧（高山草甸上，人人独自吃草）。

　　毛焰薄施淡涂的虚像一直变化着，探索着（特别是思想、技艺实验失控的时候），使我们总有一种要错过他本质的印象（像副歌中的副歌、意外中的意外，看似最少的问题，却又是最复杂最悲悯的一种灰色）。毛焰说的从来都不是一幅两幅、一个两个人的"肖似"门面，是一个人在"肖像画"历史中独自展开的空间和与此历史建立起的一种智恋联系，是他与时代独自发呆独自抵达的肖像、想象，是毛焰的自身画像。事实上他固执地忠于自己的疏离、孑然独爱的想象，忠于这种瞬间的绽出，并让它们在布上走来走去；他一直在分享这孤独、伟大的能量（这"伟大"和艺术里的贫穷一样，只照顾属于它自己的东西），也只有在这里，人们能够相认相识"时代"创作的深寒、幺蛾、皮囊和内心的杂陈点滴。

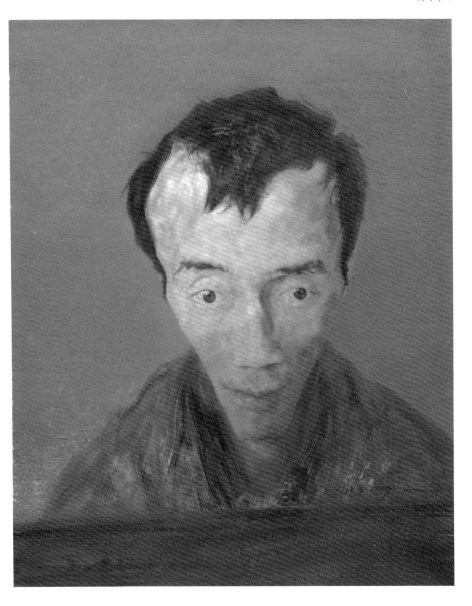

真像一部没有对白、情节的电影，我们只能相互凝望、寻找，在狭窄的走廊中彼此摸索，梦到现实（和现实里的他）的可能性都没有——一个寻找一个，一个曾是另一个，两个什么都不是……这是我喜欢的一个美的隐喻。肉身的灵魂相互找不到最好。

　　多少年来，毛焰没有宏大叙事，没有夸张起伏，他站起来给予的切肤敏锐，也是他自己想得到并能够得着的东西。他只身一人始终保持着自己的连贯和一致性。始终，就是恰如其分。毛焰深似一口井，又像月光下深雪中的做爱，不像是寻常物。不能平常，这是他的游戏、象牙字词和权柄；赤脚舞蹈，最合人性。可惜，个体性灵的抒发从来不会"太多"，因为人性（创造的）抒情是即刻毁掉的世界。所有特殊美好的东西都是这样为你我（单独）准备的，在灰烬和大地、茉莉之间。

夕拾

毛：因为我不是一个现实主义者，所以我会在一个人物当中尽可能的加入我对很多形象的想象和愿望。我有时候，在处理面部表情的时候，眉宇之间某种眼神，或者是嘴角之间某种气质，是我要加入进去的，我要赋予给它的。

凌：那这个想象是不是就是你的想象？毛焰的想象会跟别人有不同的地方吗？因为你画肖像画画了这么久。

毛：实际上作为一个艺术家，对自己的作品要有主导性。什么叫做主导性，就是比方说我在表达一个废墟的时候，我表达的不是废墟，不是一个风景，它有冉冉未熄的灰烬，灰烬之气。我主导的是什么？是一个精神层面的东西，让它已经不恐怖了，不令人生厌了，而是变成巨大的一种美。包括我画人体，不光是画他的形体，而是要画出他身上的那个腥味。通过颜色，通过造型，画出一种味道来。那你怎么去画他的一种味道？你要去想，那就绝对不

是唯美能解决得了的。

毛：我毕业以后画的第一张肖像，就是《小山》。我记得当时画完以后我很痛苦，为什么呢，我觉得我一直生活在古典大师的阴影之下。那个时候甚至在画的过程当中充满宣泄，就是泥沙俱下，就是每一个地方都不放过，逮着了死画。但是又有一种东西就一直在莫名其妙地要把你拉回来，指引你那么画进去，画得很深入、很丰富，甚至很尖锐。那个时候很混杂，但是最终都很使力，毫无保留。所以画了很长的时间以后才明白，毫无保留可能就是最重要的。你可能最初方向不是那么明确，或者说你始终也在犹疑不定，左右摇摆，但是毫无保留。处在这种状态当中的话，创作的作品里面有很丰富的东西。它幼稚也好，它笨拙也好，或者说它非常的尖刻也好，甚至是犀利也好，全在里面。我觉得那样的作品比较真实。

凌：您的画是不是有很多人看不懂？

毛：这个我根本不知道，我也不太关心。没有什么好懂不懂的，不就是一个肖像嘛，一张画嘛。

凌：有一些画家会解释自己的作品，可能是跟他的观念有关。

毛：就我们当代的这个时间段的艺术家来讲，实际上我们可能已经画了太多的画了，我们在解释我们自己的作品的时候已经说了太多，而我们自己的作品远远达不到。比方说，我觉得我到今天为止，画的画的数量最多也就是我想画的画的一半。有些画现在回想起来真的是多余的，没必要画。但也没办法，可能是一种事后的感觉吧。

凌：你有想象你老了会怎么画呢？

毛：我无法想象。我根本不想这个事情。所以有一段时间觉得那种悲哀的感觉，就是我们现在在画画的时候，经常是为了某个展览，考虑时间是多少、数量是多少、尺寸是多少，我们不是按照自己的时间表在画画，我们是按照现在这个制度在画画。说句实在话，我想我们是应该画杰作的年龄了，或者说杰不杰作无所谓，就是你这个时候应该开始使劲了，开始努力了，开始要竭尽全力去完成一些作品了；而且这个作品不以任何事物为目的，是你心目当中的理想之作。但是这种创作一直在被搁置，而生命无常。所以这就是我说的为什么我根本不会想以后，我只想现在是不是已经把它拧到最大的那个码了。

> 从大纯面前走过

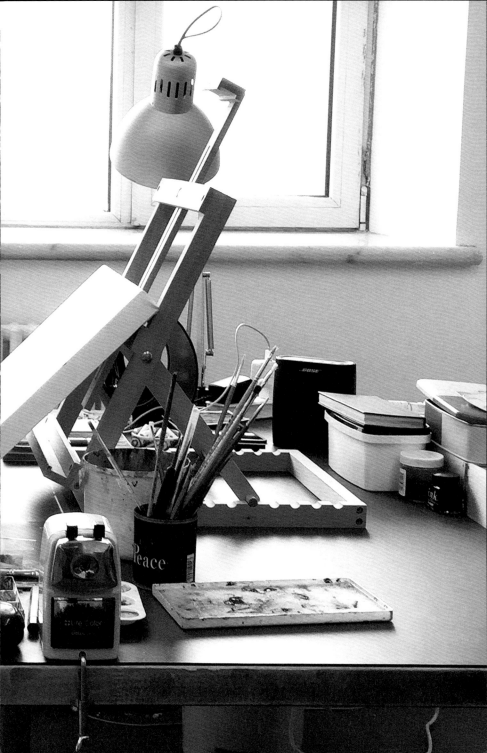

季大纯

· 1993 年毕业于中国中央美术学院油画系四画室

主要展览：
· 2009 年　眼见为虚——季大纯新作展，aye 画廊，北京，中国
· 2011 年　Bird Painting without Bird，Barbara Gross 画廊，慕
　　　　　尼黑，德国
· 2012 年　灰色时刻——季大纯，aye 画廊，北京，中国
　　　　　季大纯：与世隔绝，Fred Torres Collaborations 画廊，
　　　　　纽约，美国
· 2013 年　忘掉欲望 与云相伴，罗马当代美术馆，罗马，意
　　　　　大利
· 2014 年　无家可归，尤伦斯当代艺术中心，北京，中国
· 2015 年　季大纯，Barbara Gross 画廊，慕尼黑，德国
　　　　　超现实主义的现实——季大纯，路德维希美术馆，
　　　　　科布伦茨，德国
· 2017 年　沉默之声，AYE 画廊，北京，中国

后言

我喜欢好多艺术家

受他们的影响也受他们的恩惠

他们是

Victor Man

Frances Stark

Danh Vo

Marks Schinwald

Urs Fischer

Roni Horn

Jockum Nordstrom

Jan De Maesschack

Martin Creed

Paul Chan

Peter Doig

Thomas Zipp

凌听

对折术

　　初冬的早晨,坐在深圳雅昌艺术中心读书,倏忽一阵悸动,渺小如我,终无法在深远浩渺的书籍里自由而泳,始不知从何处开始读起。合起书,起身,走到当代艺术区,投影的那道白墙,闪过一个又一个或先锋或经典的当代艺术家名字。我一下子望到了那三个跳跃的字体:季—大—纯。

对折杂纯

　　仅过了三天,大纯在我的对面,旁边坐着他的太太曾喆,美丽真实,鬼灵精的儿子季马多则拿着用纸做得极其精致的宝剑挥舞着,像一场昆乱不挡折子戏的开场白。

　　画室与起居室一门之隔,白色的大门贴着一张小小的纸片,上面画着年轮,推开门即是大纯的画室——大而纯的空间,他对色彩和线条有着洁癖的挑剔，净白空旷，只一张画桌待在那，灰绿色的烟缸，宝蓝色的打火机是小小的点缀，坐在纹丝不乱的画架前执起笔，会有些许的仪式感，会不自觉地提神转到另一个纬度的空间，在这里，一切与现实抽离。想起米芾书的那段著名的文字描写：华胥兜率梦曾游，天下江山第一楼。执起画笔的那一刻，大纯在他的兜率天里，自足、自妙、自得、自在。

看季大纯的绘画，你可以想象他的头脑就是个宇宙乾坤的杂货店，集合的所有物质都可以描绘在他的笔下，成为他的角色，仿似他导演的一出出戏剧，也许你看到了他们的影子：北野武的暴力美学，伍迪·艾伦哲思的戏剧冲突，也有阿莫多瓦荒谬情色的夸张戏谑，埃米尔的鬼才。你必须承认你看了他的画，想忘也忘不了。

对折顺逆

童年于季大纯的记忆是沉默而关闭的，也是被覆盖的，非常灰暗，非常阴翳……印象最深的画面就是在特别冷的冬天，小小的大纯背着一个巨大的书包在街上走，很不快乐，也很孤独。

六岁，他拿起画笔，驱逐孤独同时也制造了孤独。从小时一段一段地临完《清明上河图》《朝元仙仗图》，到二十岁时疯狂临摹四百多张各西方印象派的油画，到从央美油画系四画室毕业，开始了专用铅笔在画布上涂鸦创作，2003年后以丙烯介入画面的创作方式，一画画了四十年。

我那么喜欢他从不将心思放在宏大的叙事,也不用煽情和激昂的情绪表现,我喜欢他把随手拈来的素材变成季大纯式的当代寓言,他毫不费力地看透了世上的所有秘密,一个很有浓度的东西,被他毫不费力而从容自然地表达出来。季大纯向我们提供一个独特视角。那个视角就像一个折纸术,他不仅会顺折,还会逆折,而我们只能看到他顺逆对折后的纸飞机,老练又童趣地在当代艺术里飞来飞去……

世界上没有足够的美,这是真的,

我没有能力将它修复,这也是真的,

到处都没有坦诚,而我在这里也许有些作用,

我,

正在工作——虽然我沉默。

——(美)露易丝·格丽克

对折因果

罗斯科说:画家绘画时,就像是从某处到某处的时间旅行者,是一个逐渐清晰的过程;它最终会消除所有的阻碍——画家和观念、观念和观众之间的任何阻隔。

看他的画,他就是阻碍,亦设陷阱。阻碍有时候是因,有时候是果,陷阱是他的"画眼",聊天中也是,陷阱变成"话眼"。

譬如他身后的一张近作,因为丙烯的材料使用,得名塑料公园。画面出现了不可解释的纹路,

他找到了它的名字"海水纹",从而联想到那是日本锋利的武士刀反复煅造后会出现的纹路。而那近乎黑的底子是他用灰色打磨了近四十遍的结果,他称之为"蛮干"。"蛮干"就是他想表达的"话眼"。

他很真诚地告诉了我一个他和通布利的故事。

有一次他在华盛顿看展览,在一张特别大的通布利的画面前,发现在画布上画家留了一个东西,可能是刷子上的一根毛,然后季大纯把它拽下来,留了好多年。最近那根毛被弄丢了,他还有一点若有所失的感觉。听完这个故事,你会奇怪,在你心中如此骄傲不羁的他,会如此虔诚地保留他所爱的艺术家笔刷上的一根毛,同样他会用"神一样的存在"来形容他心中的艺术家,他近乎痴迷地到欧洲各个博物馆画廊不停地看画。德国新表现主义的画家巴塞利兹、伊门多夫等,他一个个地着迷,一张张地看,看完悔恨自己为什么没有想到这么画。他说:"我也希望能够成为塞·通布利或者劳申伯格这样的艺术家,但这是一种理想。我是谁,我只能是我自己。有很多事情是我做不到的,我只能做我能做的事。但是他们都为我打开一扇门,艺术史中的每一个艺术家都是一扇门。"

门有时隐喻一种因果对折的比例,全开、全合,亦或是开合的几分之几……

对折始终

大纯的绘画始于他播种的每一颗种子,他与

他的种子共生共长，枝繁叶茂，却永远留有开花与结果的悬念，悬念如同他设的障眼法，越过障眼法，这才是真正的季大纯。对于我，大纯如同一本我从初春读到暮冬的书，而对于他来说，这些似乎更多的是视觉上的运动，是眼睛与手之间一次次微妙的联动。

　　他是真正自由的画者，没有套路，但有严谨的规则。无厘头背后是对绘画本身的敬畏之心，明知他用尽了全力，可我竟看不到他用力，他的力在循环往复之间折了又折。

冷眼

　　常常想到季大纯。想他的慷慨、谑戏顽乐,想他的手工挣扎和他创作时无穷尽的怀疑、克制。他没有作派,没有逼真的表情,没有故意的深呼吸;他还装着世事不分,言谈如戏如醉(他的极度敏感包含了太多的平静伪装)。他表面很安静,一直很安静,像他画里编成的感伤唇语;其实他是一把剃刃,在任何微不足道的地方,都划分着他的尖利、刻度。他是一个危险的创作人,劫心又十万笔力、一个始终拒绝大众共识的"流亡者"(险情在他荒寒的信仰和随便一张画的随便一些细节里)。他的一切都是在思想与手腕的秘密曲直、失控中进行(大纯一直习炼技术失控中释放的想象、虚无、偶然和无意义,所以你看,他所有真心有刺的"神来之笔"都像是闭着眼睛看见的东西),大纯在这两点关系中的特别之处是他反常的"节制"与具细,反常地成为自己;只是他越节制,就越掉入一个无节制的任性任情之井;那万千坠落的地方,有万千的大纯落脚点,大纯独自提炼了刹那跳脱变灭的焰火与深邃语——刹那,那是零余;人不必看见自己,亦不必看见自己为他人所见所发现,这是创作人的出窍之意,真是个没魂的游戏。他甚至接近了戏谑的难以支撑的井底。他在其间的满足,以致于他都无法感谢自己所拥有的。快活呢快活——只是百转千回他都不肯跟人讲。(他一直不肯把精致孤独的真实告诉你,一直不肯、一直不从,因此种种的误解误读,让我们见着他精神物质的不平与寒彻)。

要解释这点,我们必须另找出处。

季大纯喜欢惊世骇俗地使用直截了当的硬边诗意,这惊骇漫漶了他超验的单纯、真切,那冷僻的智力、锦词绣句、斯文、悖论、哲学神话等等,似乎有种难以发泄的力量和精核。我们朴素地看着,他时时也朴素地画着。他用平常的呼吸,伪造了不平常不安神的童话,那诡异经验满面灰尘,我们自然也吸进了不少潮湿的玩闹(而非氧气),大概尘灰的内心也是真实吧,可能比外面的世界更加真实,要理解这种神话,实际上也是理解一种自然。我喜欢他和他的尘埃"一刻不停"的变化、失常;事实上不停地流动异变是他独享的一种创造方式——相对于寻找自我,他更喜欢创造一种新自我;这是他全邑的游戏核心和欲求,其他做不到都让它空着("空着"也是一种峭壁的松驰放浪)。我也要这游戏的、漫无目的的山水诗意。实际上这种自由零余状态,比一切准则有更高的价值。最诱人的是他还同时

展现异常的童心和老练世故的绘画性(既然天然是
这样,那它就是这样),他一心只想兀自满足自如喜
悦地组织画面的欲望,所有语言无法代替的他都想
画出来,人只想听命于天然自己的画面;这唯心不
仅是纯彻之心,也是不受羁绊的童心(是红颜,也是
白发)。大纯的形色物质精简至极,甚至减到让我
们感到孤单怀疑(遇上这样的真实繁华与荒凉,要
用力找寻出口)。他在此热情的传递中体验歧义、
含混、诡谲、快感诗意。看上去真心不错。

世界真美术

　　他创作的重要激情就是破坏——祛除陈词滥
调和损坏公共常识的表达。当他口口声声说自己
是"瞎画"的时候,其实内心是隐藏了许多骄傲的。
他的意思是以瞎画这个坏掉的身份来破坏已建立
起来的权威和行家认知,他清楚自己对理解艺术有
新发觉。很少有人像他这般关注异觉的忠实,并赋
之以良心的紧迫表达感,他一直忠实地书写这良心
的内容,为了区别于其他的独断教条,他故意随心
所欲地运用各种异式、材料、手段、隐喻、独白、叙事
和酒神的多元风格,他故意频繁地转换体裁、风格、
材料,他不断地提醒自己从个体自身的秩序,塑造
自身纯色的华美(艺术家的真实状态比他的作品更
重要)。对陈式和命运的敌意一直是其显示优雅品
位的特点。因早熟和通俗学习过程中的一种奇异、
自觉地断裂,他总是被人认真地阅读、误读。他乐

得给人足够的误解空间。在我看来,误解比理解或不理解要有益、有趣(被人理解很难,也无聊),误解的谬意创造了他最有力的东西。在谬诗中"自我生成"、活着、捕捉、清空……延伸为生气勃发(又无法完全捕捉)的形色角色等等,至于了解与不解又有什么关系,其实解与不解从未被澄清过。他真是早熟的,在我们忙于同权势、肉感、虚荣或其他什么轻浮的问题周旋时,他已(实实在在地)开始自身的消遣和狂欢地隐喻了。并用他单薄的实践力量帮我们修剪、反驳或界定了陈旧之域。不是用他的青年力量,他从不屑于此,只是用一些些细屑的快活游戏(那些铅笔的小人小马小花小草)和空空之白就给了我们一个严肃的辨认——我难得把你看清楚。

他的深度就是他本能地比我们俯视了较远的效果和生造了持久的原创活源,也许其中并无多深意,或者是我们不想读出来?

应该注意他绘画故事里的"秘密幽灵"。这个幽灵在形与形之外,强烈地照亮着画幅的每寸地方;其中的深奥、冷僻倾满了一个人的智慧和拒绝,令人赏心悦目(他难以捉摸的灵感里装满了数不尽的孤僻、深奥的箴言、俳句)。那是大纯的"笑林广记"与那一折一折展现的的官能乐趣和意外惊奇,让我们不自觉地出神地阅读。他竟使用了何等的权利来开放他的高度智慧和游戏的本领——确实他已经在"感情用事"地谈论什么不是艺术和智慧了。这"智慧游戏"类似于印纹的东西,即人们想

称之为"诗"的东西。它产生和引发的沉思,是他
自身的丰裕神话的沉思和自恋,像剥蚀重重的事故
真相,他也不自觉地出神地阅读、使用这些诗句的
幽灵——多么不节约。但对于一个成熟的艺术家,
不进行这样的生产应该说是一个更过份的错误。

我们阅读他的感官总谱,发觉他一直利用肉身
的节制(从他制作过程中无情的拒绝情况来判断)
来体验千崩万解的创作的真实,或者正好相反,反
正是体验了难以言传的真实(倾着那么多无辜天成
的牺牲品)。所以不论他怎么想怎么画(这不是一
个能力问题),都将有一种意外意义的发现和感官
刺激,那小人小马沁出的强烈的形而上的纯洁性
(这是真正的戏剧角色)简直难以维系;艺术里的
所谓真实只在某段时间、某个地方是真实的,因此
每一幅每一个小人马角色都是他问向知觉幽灵的
精彩向度,都是他在大地上绘下的大山和狮子(创
造的形象在任何情况下总受着心灵的支配),那是
一种纯净的私人沟通,每一出都铭刻着他虚无的习
作。大纯的"纯粹""虚无"时刻捕捉着他在现世遇
上的全部重负(或许也是他所能承受的全部东西),
这"重负"最后成了他布上最轻最深刻的标识。这
最轻最深的习作既适宜于最大众化的孤芳自赏也
适宜于最贵的性灵式阅读——一种"花花公子"式
的有闲纯洁其实更需要人们轻轻地使用、谈论、想
像……将大纯的天才用心点明是必要的,照浪漫的
艺术事故看:这把大纯的创作塑成一种非常的常识

之外的存在；照读者的通俗文艺观看，这揭示了一个不祥的结局：用我们平常的局限交换了一个年轻天才的蛊惑之力，这了了大众的子虚乌有的完美的良心用心；但艺术家的体温、性灵、探求、娱乐呢？观众是不想的……虽然如此，但也足够了，大纯的智慧充满了自爱自足自满，像喝醉了酒似的。所以大纯不愿意把他的得意告诉我们——庄子的渔夫也不愿意把得道的最好方法告诉别人——省了我们多少的烦恼。

　　大纯的诗意是天生的，他也娱乐于诗的直觉、颠覆、刺痛等等。他为这些碎片召唤了镶满个体神话的坚实密度。可你一旦依据诗来解读他的绘画真相就变得寡味。他总是匆匆从抒情中急身而退，以游戏和视觉侵犯的目的巧妙地追求一种对反动、边缘、革命思想的嗜好，并训练危险、直觉、血色的表达——游戏里的血是真的，从来都是，所以最赤裸最疯狂的形象似乎都缩回到它的核心原点。如果不是被迫的话，大纯也通过种种"流动"思想的娱乐，使自身变得神奇大胆和无比的超然放松。他的视觉苦心常常不小心就走到哲学那里，看了令人会心，却充满了苦涩；那在怀里烧得发慌的东西，恰恰落在人们不期待它落下的地方。其实，从来不能很好地理解季大纯对"敌我"双方都是一件幸事。在一个过度解读的行当，抛开一切杂念，仅仅快活的消费、检测大纯的生香本色，和无法驾游的内心……应是件容易的事。我们不能理解又无法选择，才是解读季大纯的完整之物。

　　尽管他的创作来源复杂，但他的诚意让人感觉清新。所以在他那里，无所谓好坏的区分，好作品是对自己的肯定，坏作品是对金钱的肯定——反正大纯花开，也轻于鸿毛，也重于泰山。

　　大纯的绘画一直是无头无尾无常的迷语，这"无常"是说，一切都在变。惟有无常的变，才有他经典的拒绝、出逃；这是他的"险要"，越刺激，越接近真实——我任凭它进入心里最深最远最瓦解的地方。他就真的这样不停地"胡言乱语"，也不晓得哪里卷起的荒寒灵感涂鸦，所以，要去"不知道的地方"找他和他的淫感；事实上，最后总是他找到你，把你说进了一种大纯的自然角度温度（连野兽也放慢脚步）……看他低调朴素的状态，一笔一划，涂掉再来一笔一划认真地再涂再画——他的真实从容，不是装出来的。这低姿塑造着巨大的能量，表相、真相的种种在他各式体位上划下不同的虚实身份、唇语、沙漏、蛛丝马迹，带来十年的雪意、万千上等的星星，也带来了小资产阶级的蝴蝶和偏头痛……大纯总是习惯独自在暗黑中拉硬弓，把虚构的深渊一笔不少地落定在他无法无天的小人小马里（不是小人小马，从来没有什么"小人小马"，那是所有东西，是很多的、基本上所有的东西），所以他的图画要往闲处扪心，拂去尘灰，才能看出人异样的自在、异样的恩爱。我就这么长时间地坐在他的画里，看他无法无天、无头无尾地神契……这故事

在别人看来可能都是徒劳、无益无聊，但我们还演
得那么认真，一丝不苟地放肆，这是艺术的勾留、从
容，是大纯的出埃及记；这事故加上标题就没有半
点违和感了。

　　沉到海底，就只有我了。

夕拾

凌：你是小时候就开始画了？

季：我六岁就开始画画，一直画到现在，基本上天天在画。

凌：那时有没有人管你？就你自己一个人画？

季：有人管，管的都是坏的。有人管你就是干涉你嘛。南通的国画还是比较强大的，它会把你往水墨上面推。当时我临《朝元仙杖图》，很不好临，其实也是由于叛逆的心理：要临我就临个厉害的！

凌：那你应该选择国画，但反而选择了油画？

季：差不多到中学的时候，就是看到有人在画油画，一下子心就开始动起来了，觉得这个太有意思了，再加上我爷爷在边上蛊惑我，说"油画特别好，这个颜色白的画完可以画黑的，黑的画完还可以在上面画白的。"这句话对我当时触动特别大，我也不知道为什么，就是觉得这就像一个特别有意思的游戏。这件事情可能到现在对我都有影响。所以当时一下子就完全不喜欢（国画）了，马上就要画

油画。当时我们院子后面是个食堂,我就把食堂的窗户全部拆下来做了框子,绷上布就开始画了。直到我觉得油画特别特别难,就停下来了。

凌:你是什么时候停下来的?

季:我大学毕业之后,一方面是对油画有困惑,觉得怎么画不好呢,另外一个受经济条件影响,那时完全没有钱,但又想画画,怎么办呢,就用好多铅笔在画布上画。

凌:你的画很有点意思,比如说你画三个伟人睡在一起,画刘胡兰。

季:这其实还是开玩笑的心态多,像说相声,相声里面说拿一个手电筒变成一个光柱,你要爬那个柱子,其实这真的是想象力。不是说所有人都具备这种想象力,当你能把跟这种东西比较接近的东西表露出来的时候,其实挺开心的,不管它是很正面或者不那么正面,都是人正常状态当中不同的方面,你会很开心。

凌:你的画布当中一个小小的东西,后面的空白想告诉别人什么?

季:其实真没想那么多,在画面当中只画一点的时候,我觉得对我来说是一个不一样的画面感受。可能也是东方人的这种视觉习惯,东方人很习惯国画那种黑和白,白的就是纸,黑的地方就像八大山人就画一只鸟什么的,这都是可以的,但突然变成有颜色的时候,就觉得这个事情是不可以的,因为不符合视觉习惯。

凌：会不会是有一个画家是这样画的，然后你受到启发？

季：在一个画面当中画这么小，没有人给我启发，让我可以放胆这么画的。但是受影响肯定也是有的，应该是很多很多的影响之后，产生出来的。我觉得画画的人肯定要追求一些不一样的东西，如果他用一个正常的方法画一个正常的题材，那他就是一个正常的画家；用他自己过滤之后出现的结果，已经不是一加一等于二的事情，不是输入一个程序就会得出一个结果的东西，而是非常特别的结果。

凌：你每一阶段这种跳跃性的思维到底是怎么产生的？

季：我觉得这可能是性格的缺陷，就是你总希望看到新的东西，就特别想了解这个东西，然后在了解的过程当中你自己就会有变化。我觉得我算是一个比较冲动类型的人，这种性格就是，当你看到很多好的东西，或者说你自己认为好的东西时，你就拼命往上扑，扑上去是不是过完瘾就算了，还是希望这个东西能留下点什么。

凌：其实很多人会回到自己的童年或者回到自己的故乡去找自己，找到绘画的原点或者说激发创作的那种东西。你是这样吗？

季：像这种回故乡、去采风或者是去文学或其他的艺术门类得到营养，对我来说可能都有一点绕，我不能从这个方面很坦然地或者很自然地得到我想要的东西,或者说我不习惯这么学习,我还是觉得看一张画更直接和更过瘾。

凌:你好奇心的源头是不是都来源于你看到的作品?

季:是,看到一个好的东西我不上去撞一下我这心里痒痒的难受,撞一下,然后这个事情已经过完了,我就没事了,我就接着画我的东西去了。我觉得每一种感觉都来之不易,可能对于我来说真的不容易,所以我只要有感觉我就愿意去把它放弃掉,至少我会把它记录下来,看看有没有可能把它变成一张画或者是变成我自己的一个结果。

季:现在的观念跟原来的观念的确是有很大的变化,只是我们还不知道怎么样去说它。革命性、先锋性,它就是要有颠覆和反动的这一面的。

凌:你想往这条路上走吗?

季:我觉得只有这样才有出路。

凌:可是你又说你的画又是很克制的?

季:那是我的性格,这个不矛盾。

凌:但是你又非常的较真于一个画面,我认为你是有洁癖的。

季:那是我的缺点,这个都不影响我画画。

凌:但是我又觉得你内心是希望你的画是经典的。

季:我不希望我的画是经典的,我对经典这个词特别反感。

凌:你觉得你的作品以后会在美术史上留下来

吗? 有种观点是史诗般的作品容易留下来,而你即使画得那么的好,但是你的画带有这样的题材或者感觉,是不是就会吃亏一点?

季: 我不知道,现在的美术史上留下的就是史诗般的东西吗? 不见得吧。也有很多至少在当代艺术层面来说,不一定要符合主旋律,不一定是高大上的东西就会留下来,不一定的。像现在更多西方当代的东西,它就会流露出这种气质,很不负责任、很放松、很负面,但是一样是很优秀的艺术品。

凌: 那你说好的作品当中是不是有一个"法度"或者有一个"品",你怎么来理解?

季: 画画这件事情上应该是有一个游戏规则和核心的,如果接近这个东西就会比较好,越接近越好,但这个东西是什么,我觉得我说不清楚。往前走是不是就是靠拢,或者就是说你努力了是不是就有效果,完全不知道。

凌: 那你相信观众吗? 会在乎他们怎么看待你的作品吗?

季: 对不起,不在乎。

凌: 你会在乎这种情况吗? 比如说某一阶段你的一批作品被很多人收藏,但另一批东西出来就没有。

季: 你说的其实就是商业的问题。这个事情我真的觉得不是我能够怎么样努力就会有一个相应的结果的,所以这个上面我完全不努力。我还是把自己的注意力放在一个我能够做的事情上面。作品在商业上的表现有时候就跟疯了似的，好的不能再好了，也有的时候真的就是特别差。但这跟我一点关系都没有，我还得画画，我不能说这个好我就一直这么干下去，我不是这种性格的人。

> 素心施慧

施慧

· 1982 年毕业于中国美术学院工艺系,现为中国美术学院雕塑与公共艺术学院教授,博士生导师
· 1986 年开始从事当代艺术创作,作品以棉、麻、植物、宣纸、纸浆等纤维材料为特征,同时将这种特征转换到硬质材料的实验中,作品体现出东方精神的文化底蕴

主要展览及获奖:
· 2000 年参加第三届上海双年展
· 2001 年参加德国柏林国家美术馆"生活在此时——29 位中国当代艺术家"展
· 2003 年参加法国蓬皮杜艺术中心"间——中国当代艺术展"
· 2013 年在德国科布伦茨路德维希博物馆举办个展
· 2007 年获马爹利非凡艺术人物奖
· 2014 年获 AAC 第八届艺术中国年度雕塑影响力大奖

出版著作及画册:
· 2002 年出版个人作品集《素朴之诗》
· 2013 年出版个人作品集《施慧》

后言

当我在木框上拉起第一根经线时
线已被情所牵
纤维质的材料中
蕴藏着自然植物的生命特点
又蓄满人与自然合用的意愿
我以最单纯的技术为起点
在不断演绎的过程中
创造现代意义上的新的构架

凌听

诗(施)无尽头

　　此刻,我认识的她,披一灰蓝色的棉质丝巾,躬身采撷着自然生长的一草一木。间隙,她与我散步于象山背后的那片茶树之间,如出尘佳人般伫立在青草和寂静之中。

　　假想我是是枝裕和,是否她的故事也会如同那部唯美清欢的《海街日记》一般,由一个悲伤的故事开始讲述,却被一个如此美好的女主角编织了一片深远辽阔、白洁如镜的诗意天空?

　　她叫施慧,中国美术学院雕塑系教授,纤维与空间艺术工作室学术主持。

　　此刻,我认识的她在讲述她。年仅八个月的施慧就失去了生母,十六岁那年又失去了她的父亲。可世间之事,又怎能始料它的结局,那个忧伤的故事,成了优美的忧伤,直至变成了忧伤的优美。

　　她继母的到来,温暖了施慧那段破碎支离的生活,那是于她一生都施予爱和坚强后盾的女性。那些黯淡的时光,至爱文雅的父亲屡次遭遇隔离审查,那时,施慧的继母像一道光照亮温暖了江西贫瘠落后的土地上那孤独无助的小施慧。她教会了她女性本能的编织。

我永远忘不了施慧和我描述的画面是怎样充满着隐忍的坚持:放春假回到村里,晚上顶着月亮拔秧,早上跟着村里人一起下地割稻,收割时一列人排下来一个紧盯一个,如果你慢一拍,后面的人就顶上来了,为了不示弱,我必须使出全身的力气、没有半点歇息才能不掉队。本是沪上娇生的施慧,此刻她的双臂却在脆弱的枝间忙碌;即使月亮升起,灯下的阅读,也是继母应允的《牛虻》,绝不是《乱世佳人》。因为那个时代,只能相信坚忍。

可那心底刻骨的诗情即使暂时的远去又怎会抹去,童年的记忆中,施慧上学总要拎个空瓶子,那是扎着铅丝作为提手的玻璃瓶,顺路放到花鸟店里,放学后再拎着装好的鱼虫回家带给父亲。家里还养着黄莺,每天清晨都会好听地鸣叫……那是源自对自然生灵,对艺术所有浪漫念想的父亲,带给她充盈美好的回忆,那是侵入骨髓的诗情,父亲教会了她用心灵编织生活。

此刻,我们走进西湖边那所施慧父亲也曾就读的中国美术学院的大门,传闻中台风的侵袭,竟然神奇般地与我们擦肩而过,摄制组的拍摄如期而行。十月末的那个午后,我们的镜头越过西湖,清

风徐来，水波不兴。掠过郊外几十里外的转塘镇，我们来到中国美院象山校区，慢慢地将目光投向施慧，她坐着，背向落日，除了落日，身后还有一辆久远年代驶来驻足的绿皮火车。黄昏静谧的光中，她讲述着，直至，蓝夜星光的天空飘起了霜雾。我望着她发亮的眸子，让我仿似望见了在2001年柏林汉堡火车站美术馆的前院，施慧竖起三座从西湖孤山古寺拓来的"纸网"之石，有五米之高，命名为"假的山"。你无法想象柔韧的纸浆经她之手，幻化成通透粗粝却饱含文心的假山石。

她的作品是最适合在天空的光影之下的。洁白的宣纸，弹性的棉线，柔韧的竹篾，暗示着生命的涌动，作品《巢》，被施慧置放在温热的草地上，光线透过那直径一米多的晶状体，熠熠生辉；当其后观者仰头凝望，如自然呼吸般轻灵透明的悬在空中的作品《飘》，如浮云，如陨石，光影流转。转至沧桑岁月中用纸浆包裹的那一段杭州吴山上的浮影老墙，历史的绵延直至到那部悄然石化凝固的《本草纲目》，像编织着一个个梦一样。

施慧说，"在一个框架上你去拉每一根线的时候，就像你在做一幅抽象画一样，互相之间的穿插，其实就是在空间里的一种构图，做的时候非常快乐，想唱歌。"

当你走进某一个原始森林，你抬头望见树缠藤、藤缠树，那样的一种力量，你会被感动，会被打动，然后就会想我要把怎样一种力量在我的作品里

面表现出来。那一件件用时光编织的艺术,以生命的各种形式,在不同时间、不同角落的世间,绽放出不同的形态,巫鸿说:"施慧的作品是游离于宏伟与脆弱之间的对比。"

这宏伟和脆弱的媒介是施慧手中那根细细的线,是一层层轻洒的纸浆,一重重,一遍遍,一天天,不停地劳作穿插,编织荒野,编织童年,编织爱与哀愁,编织怅然,编织希翼,直至编织了气象万千的施慧的世界。

此刻,她手中编织的白,没有喧嚣,一切得到平静的治愈。

多么有幸聆听到她的故事,时光如她手中穿梭的棉线,在不同的空间闪烁、流动:东阳、上海、南昌、清江、杭州,她浅笑端庄,她真诚静美,人间的烟火与她若即若离。她充满着植物性,这样心疼地欣赏。荒野中看见她抚摸野花枝条的动作,那一刹那,我明了所有的亲昵她早给了自然。

施以爱,慧成史诗,

她独喜独忧,静默生花,

一张张薄如蝉翼洁白的宣纸,

一根根细细的棉线,

一个个小圆点织成了施慧的大宇宙。

冷眼

　　施慧像是一直在描写她日常的朴素的心识。
一直,就是没有蒙混和逃避。她日常本色视觉的流
露也像是源自一种单纯的向往、单纯的触动;这单
纯和她少年时代在江西农村田野上的劳作、认识筑
起的生命感、世界观相关。从那时起她"就把自己
的情感和无声的花草石木融合在一起"(施慧语)。
诗人诞生于童年,这童年有多少孤独就有多少真实
和真心的表现。这系念自然成了她艺术创作的元
气、灵感,也确立了她诗性品、格的表现。仅仅源自
一种单纯、沉默的手工显示,不夭不斧不作不害,已
有了某种殊心的意味和识别。这本色自然不是寻
思来的,是内在感受自然而成;施慧对这真实怀有
一种特殊的真恳,并在日常接触的对象、材料、创
作上感受到编织生命的种种乐趣。施慧一直弯腰
俯拾童年草木果实的滋味,一草一叶一忧一喜种
种针脚,像她的出生地语言,她一直幸运地说着自
己最初最真的词语(不是太过具体、太过辣手的实

体现实），并将记忆里的松、烟、竹丝麻草、田埂、山冈……一个个"中国性"带出来。指尖不停地划过无声无息无尘，未知未解未变之境——她就这样编缀着生活，划过性灵的深美呼吸。我喜欢这样单边主义的沉默有力的进程，一个不断远离现实的手工进程；手作的沉思跟人最近。

在施慧天然又虚拟的中国田园式织述中，弥漫着片段化的个人史追溯、原乡和她在自然材质中发掘构建的新的"微观自然"的娱悦、智识。这是艺术家意志的"天然生长"和体察世界的方法、路径，充满了女性创作人特有的元生本能——自律、沉静品质和思想生命场。施慧始终寻着"元生"自觉地感受，淡淡地悲喜，缓慢地浸润，依照内心的流向编缀发展形、色、临界、结果……那是从一根线中演化出一个世界的冲动，是大千纷繁万象中的一种化约、廓清。她将竹、石、点、线、虚、实、指尖都附上诗词的灵魂、刺痛。一种纯天然的向度才能把"手作"的素境和手工中无意识本真朴拙的绝唱强调出来，这平凡的味道都是出自自然潜藏的能量，大美而无言（她甚至无法超越自己特殊的真诚）。这简单而深刻的快乐，真是最好的诗，最好的自然。

施慧的日常"真实"——那随手而来的荒野、时光、季节、童年的怅然自描都被转换成自然的不可名状而又能触摸的性灵形状。人的指尖一直地划着身心的界限。这个体的显示品形闲淡直接、气象幽微，又生机勃勃，她擅长将不同的日常自然和

天然经验上升到一个迷离的新生空间场，种种天然、含混、单纯、缱绻，清贫地叙述了时、空、线、象、浆色和生机的一丝一缕的寓言；来来回回数以千万计的纤肌碰撞在一起，为人沉浸出万籁俱动、万物花开的和谐情意。从心灵经验到文化经验，从自然环境到文化空间，看得见她一次一次在复杂的形态、临界、构造，在每一个编织环节都循顺着人、物自身的格致态势，暗流潜藏；她一直回到本体汲取再生能量，回到织造的原点（不是简单的绚烂织体、简单的材料叙事，是光、空间和天然见道的畅吸）；艺术必须与这样的自然、单纯有密切的联系；也只有这样自然人浸染后的风物，才有足够的滋味、足够丰富的想象。拥有很少东西的人常常生出这么多情的传递、暗示和倾诉。"多情"告诉了你想知道的真实，但"多情"从来不会告诉你最后的真实，因为那是危险、脆弱，我们什么也看不到。

施慧的"手造"用了最平常的语言和颜色。创作里"平常"是恰当的词（其他的标准太动荡了），事实上手指自然从心就已经有了足够的情绪、足够重要的东西。我们要用平常的语言，在水银般难以捉摸的流变中寻找石头和石头里的诗，并在石头中说出永恒的事物和回声。施慧说出了她绵长的深意、深呼吸，我们见着了她时间手造的种种，见着了她指尖生发的河流、种子、血脉、戒指，见着了从童年时时趋近的那个自己，我们见着了人一次次用心透过自身年岁的沙、海、燃烧的云石……自然创作的快活就是这样静静地狂欢,静静地收成。这独享,像诗里不可能到达的诗意。

　　自然的东西,我总是苛求地读。因为艺术创作中自然的东西不能成为现实,也不反映"现实"。所幸是这种种不能,才可能在布面、纸上,在艺术的千丝万缕中成为一种现实(不是潦草的感官、潦草的现实)。纤维艺术尚未订出学究苢的标准这一事实确是一件幸事——一直不能如期归来,才有指尖编写的意义,一直没有确切的证据才余下未知、空白的最初吸引力;在一种不可知、不能落脚的、直觉的追逐中,让我们尝试用特别的方式阅读这些不分行的诗,阅读"自然人"与自然、自身遇见的弦外之音。施慧单纯靠手指就编出了流水自然的温度,编出了复杂幽微的女性力量和滋养;她在千丝万缕里完成了一种自己,在实践中遇见并尽可能完成了不现实、不可知的自己;一种、一千种宁静的骨骼,和她冷淡表情一样,满脸真诚,不带瑕疵。

　　一个人、一生、一条线索一直寻着,完成了独有的思想指尖和它的戒子;一个人做了一件事,做好做透,那是深致。我们要将它辩识出来。

夕拾

　　施：当我拉起第一根经线时,线已被情所牵,纤维质的材料中,蕴藏着自然植物的生命特点,又蓄满人与自然合用的意愿,我以最单纯的技术为起点,在不断演绎的过程中,创造现代意义上的新的构架。

　　施："文革"开始时我四年级,父亲受到冲击。我们家被抄家四次,每一次抄家的时候,红卫兵咚咚敲门,我听到那个敲门声音就很紧张,那个时候对于一个小孩来说,真的是很大的一种伤害吧。然后到了农村,那个时候我父亲已经被隔离了,我们见不到他,我和我母亲两个人被下放农村。我觉得人的适应能力真的是很强,我当时十三岁,很快就适应了,跟着农民孩子一起下地干活。

　　凌：你心里没有落差吗? 你从上海一个很讲究的书香门第的家庭来到农村。

　　施：好像没有什么怨言,就是接受,然后去适应它。

凌：那你当时有没有想过自己的未来？

施：当时生存下去就可以了，不去想很多未来。有一部电影叫《简·爱》，其中的一句话是说"人生就是含辛茹苦"。

施：1986 年保加利亚的功勋艺术家万曼在我们学校建了一个纤维艺术的研究所，那个时候叫万曼壁挂艺术研究所。这个研究所初创时期，我们学的就是编织。那时看到小时候自己喜欢这种小手工竟然也可以成为大艺术，就觉得非常震撼。这个概念也是万曼带给我们的，壁挂的变革最重要的一个标志就是艺术家自己亲自上机台进行编织。这个机台在他面前就像一幅画布一样，你在上面可以很自由地绘画了，就是手与心应这样的一种感觉。所以那个时候，就觉得自己一生可能要从事编织艺术，觉得找到了自己一生要努力的方向。

施：我们系跟国画系在一起。有一天，我手一抓宣纸觉得那个手感特别软，或许可以跟我这个编织结合，所以我就抱了一些宣纸回家。还是按照编织的习惯把它折搓成纸条；因为有宣纸有水墨，做出来的东西马上就有中国的元素在里面。到了1992 年，很偶然的一次机会，我跟着几个朋友去富阳，看看宣纸是怎么做的。看上去还是很清的水，稍微调一下有一点点的浑浊，捞上来就是一张纸，我觉得很神奇，就买了一蛇皮袋的纸浆，回家以后去实验，自此就觉得好像找到了自己需要的一种语言。

施：纸浆这个材料我一直没有放弃，它背后有一种柔韧性，这样的一种文化的品质，我会更注重在这个层面上面去把握它。

凌：你觉得创作当中，对你来说最重要的是什么？

施：我觉得我自己还是希望跟中国的文化有一种关联，能够把一些传统的文化和中国人的审美的心理呈现出来。它不是一种像贝多芬的《命运交响曲》的那种沉重式的审美，而是一种家园式的回归的感觉。我觉得它是非常亲和的，自然的，既柔又韧的感觉。

凌：你使用纸这个媒介，它会不会有局限性？

施：这几年我一直在思考这个问题，别人现在看到白白的纸浆都觉得这个是施慧的作品，要跨出这一步很难，又要有延续性，又要有突破性，确实不容易。但是我现在还不知道有没有这样的机遇，不是硬生生地去跨这一步；所以现在一直在寻找，寻找一种方式，寻找一种新的对事物的理解角度。

> 净界沈勤

沈勤

· 1978 年考入江苏省国画院中国画研究班
· 2003 年赴加拿大大不列颠哥伦比亚大学讲学
· 现为江苏省国画院国家一级美术师
· "'85 思潮" 时期因其绘画创作的突出表现,被誉为水墨革新
的代表之一

主要展览:
· 2009 年　广州华艺廊 "净界" 沈勤水墨画展
· 2015 年　苏州博物馆 "洇·氤·霩·滢" 沈勤个展
· 2016 年　南京艺术学院美术馆 "叁拾年" 沈勤个展
· 2017 年　上海玉衡艺术中心 "空远——沈勤的空间" 个展
重要双个展包括:
· 2011 年　广州美术馆 "风月同天" 井上有一书法、沈勤水墨
画展。
· 2014 年　上海玉衡艺术中心 "山外山" 沈勤、朱建忠作品展
· 2016 年　台北亚洲艺术中心 "零度" 沈勤、陈琦双个展

作品收藏:
· 美国布鲁克林美术馆、德国汉堡美术馆、苏州博物馆、武汉
美术馆、广东美术馆等

从威尼斯到卡塞尔

看得头发昏

唯一感觉传统意义上的绘画

已经被逐出当代艺术的道场

不知是喜是悲

反正 我们确实

已经被大时代推到了深不见底的裂谷边

真的无能为力了

我只能坚信有一种艺术

它与时间无关

也与地域无关

只关乎我的内心我的灵魂

好了 让绘画回到绘画吧

勤

凌听

补勤课

拍摄那天在北京,凤凰中心顶楼那巨大的白色空间里,窗外不是春日的和煦暖阳,没有当初设想的阳光斜射下光影点点的幻梦之境,却是狂风阵阵,黄沙漫天。仿似多了些许穿越时空,朝代更迭城起城灭的萧瑟和寂寥。

此刻,我的对面坐着"凌听"第一季最后一位艺术家沈勤。对于沈勤我一开始就有好奇,一位执着新水墨三十年的探索者,一个长期在水墨艺术边缘的隐者,一位一鸣惊人之后的旁观者……

而见到他之后,这些好奇就已全部放下,他毫无花饰,没有待人接物上的修饰,真率至极。因了他名字里有勤的缘故,所以干脆就不补拙了,有些补拙花大力气,大心思,极尽机巧,最后却没有了自己的声音。勤能补拙是一种常规,但在沈勤这里,注定常规不了,只有拙能补勤才能解释沈勤,才能解释他为什么老是叛逆，老是逃跑。这个世上，有人越活越伪装，有人越活越诚恳，无疑沈勤就是诚恳的这类，他的诚恳是一种单刀赴会的孤独感，英雄主义，以及英雄主义落寞后的综合。

很多个午后，沈勤带着儿子在园林里玩，孩子奔跑着，他一个人坐着发呆。太阳照在白墙上面，泛着光，冷冷的，恍惚自己已化身为魏晋南北朝人，一觉醒来，满眼的衰败，瞬间会让他充满了精神的绝望。这些无数个午后的呆坐，让他道破很多所谓艺术世界里的伪命题，所做的是一种不立场式的直抒己见，他客观到让爱憎都无法发芽。

很喜欢沈勤三十多年前的《师徒对话》，依旧也是坐着，但，是师傅和徒弟对坐着。

第一种"坐"是动作，是一师一徒的传道授业与解惑，夹杂着又简单又复杂的人世间迭代关系，其中的口授单传，唯独一脉最是感人，是我与他的。

第二种"坐"是心理，是一个空椅子的暗示，指向着无数坐着的可能，对于座位，就像位置一样，有人不惜代价要坐，也有人不惜代价不要坐，说到底是形形色色独立个体的抉择，师徒对话是我与我的。

第三种"坐"是精神，是最远方坐落的一个城市或废墟或幻境，诉说着群居的本质以及群居带来的精神壁垒。一念之间，你落坐在哪个城市，你就有哪种经历，经历就是痕迹，是印迹，很少人能从中跳脱出来，怀着深深的宿命感，师徒对话则是我与世间的。

就是这张画,开启了今后的沈勤,是沈勤那么多年孤心造诣的一个前缀,一个缩影。

关于补勤,得做什么呢? 答案是无所事事,得过且过,极冷极闲。这仿似有点消极,但消极也有消极的魅力,"消"是退步,变弱,是逐渐没有……恰恰却是人生的真实写照。这种感悟来人到中年,有一种盛极而衰的宿命,它一直存在,却鲜有人去道破它。

"'85 思潮"之后,他说:"别人是你的地狱,而石家庄没有别人。"于是他和妻儿逃离艺术中心,逃离文化中心。在北方那个风沙漫天的看不清前方的城市一待待了近三十年,画画也是断断续续,若即若离,生活态度亦是如此。这些年间新水墨的话题林林总总,人物更是如过江之鲫,沈勤的参与度从来不高,他一直在补勤位。大家讨论新水墨再激烈也是无效的,只有在出现新水墨的标杆性人物后新水墨才能成立,沈勤一直在等待,等着闹哄哄一散而去后的片刻冷清,那片刻冷清,让沈勤的作品与之前的新水墨形成对比。

然后,然后就没有然后了,只有新的自己以及自己的脱胎换骨才有新水墨,人才是本体,水墨只是载体,沈勤特别明白,天道自然也酬了沈勤。

他是那么会处理画面之间的关系,点线面的关系,色块明暗的关系,真实虚拟的关系,逻辑成立与否的关系,以及他所赋予的很多象征关系;但这远远不够,沈勤明白最好的关系是没有关系,没有关系之后，内心自然进入了相对空灵的状态。

他写南方，画南方，赋予他的南方，不只是与北方对立的南方，不只是方位上的南方，而是精神历史文化个体交织的心灵的南方。他写园林，画园林；既不是园林的局部，也不是园林的构造，而是园林的浮光掠影，是沈勤的所看所想。园林没有变，沈勤也没有变，变的其实只是一个法，一个从真境到幻境的连贯思索，就像维摩诘从病己到病他的思想换位，才窥得一丝神性的不二法门。

那段沈勤在石家庄的日子，让我想起导演李安，相同的经历，日复一日地买菜做饭带孩子，石家庄没有别人只有自己，这些日子是最平淡的修行，也是最深刻的警醒，世俗生活生发万念，也最有可能万念俱灰。

能从万念中走出来的内心的坚毅早非常人所及，致精微，也致广大，是凡心之中自成的一片宇宙，集复杂与简单，集冷淡与热情，集阴与阳，"集"拙而勤……

因为耽于美好，我们学音乐，学艺术，学诗歌……因为耽于美好，我们开启了凌听之旅，其中的起承转合，终于要到合了，未料到最后一期的嘉宾沈勤让我们的思索回到了原点，在他天性旷达的流露里，回归本真，不学不做是一段难得的逆向思维，他让我们想到自己本来的样子，而不是学这学那之后的装饰，所谓的初心说的太多，而真正践行的，恰恰是最后这一期的补勤课。

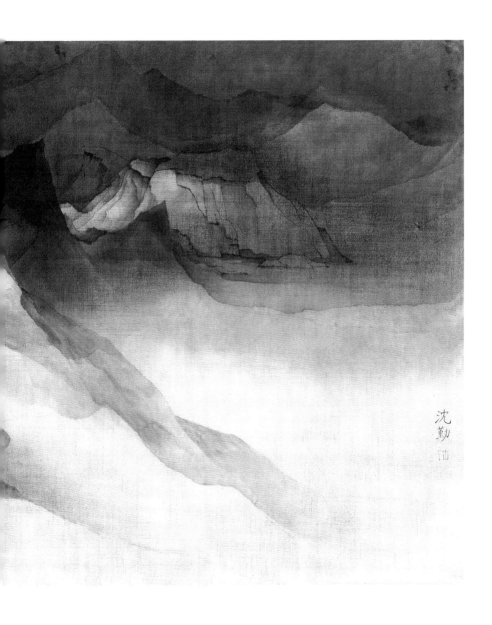

沈
勤

冷眼

　　沈勤是江南的。他透彻玲珑的心性、气场也是
江南的,自然生成。

　　他的江南有种特异的无声幽微之美;那是他
干干净净走来的东西。这意象很清,很古,又很锋
利。所以我也是干干净净地走进去,走进他羞涩的
宋朝。

　　他呈现的不是一笔一画的狩获,他呈现的是一
个世界,一个身心呼吸的世界和对此的清扫;这世
界妙有天然。我们知道这“天然”是来自荒芜,来
自痛苦的赞美,来自一种几十年也说不清的无法随
波逐流的赞美;这“天然”平静如同与人闲谈。

　　沈勤的创作与为人都有一无遮拦的大生命氛
围。而这种彻底敞开的通达心性,显出他充沛简当
的平凡本相,这本相赤手空拳、直截了当,这“平凡”
诗意、节俭、天然,吸引人看下去。他不叙写宏大命
题和生硬主题,他平淡平凡的视角之真,将日常风
景转换成更加平凡的日常之境,清心超俗,总让我

们读到画面之外更高的离尘境界。这境地仿佛信手而来,自在如意,这是他长久的沉默、无比节制累积的东西,这里有太多的感动、峻严——其实没有沉默这种东西,人总会有发出声响的东西;人只是在沉默、节制中保持道德体能和清白。"保持"差不多就是深刻了,人不去想多余的东西,这样对创作中纯真的内容更加敏感——人为了葆有自身的信念而停止真诚的交流。大概沈勤水墨里难言说的无言的美真是悲深的,因为这是最真实的荒芜和清扫——你已经不知道,我们是在倾听你。

沈勤的风格空灵、干净、柔软,有数学的简洁、单纯。特别是我知道了他的种种离尘之境,全出自现实的实景,田、园、路、山,种种现实风景,一笔一画被他虚织成杳杳深邃的当代视觉元素。他一直强调、还原绘画自身的感官快感和单纯,像他的淡墨浸入了纸的底色,那经意不经意的水、墨、点、线,真切或偶然的种种形而上的诗境都被他发挥到极致。这极致有时甚至是物哀、匮乏的形质(创作的精要有时往往就是"本相""匮乏",一种普遍而永恒的欠缺,经验不够,激情不够,时间不够,自由永远不够……那夹生而来的时鲜野味有石头的经络心肺)。由于笔墨词汇不多不少,用心独特,所以我们每一次阅读都会触到沈勤的完好无损,和他浩然清澈的宋朝。这浩然完好自有一种明确的、趣味纯正的,对中国精神的独自解读,一种洁癖式的挽唱。因为那是宋朝。

　　沈勤的空间与风景人迹罕至，表出了一种特有的无言之美。很大程度上这寥寥无声的美得益于我们身边无数狂躁不安的喋喋不休者。有时我想沈勤三十年的隐匿、沉默（始终）是一种语言形式，一种心性自然的生发，一种净化、能量和抵悟。在这"充实的边缘"，沉默者以一种前所未有的绝子，以及偏离正轨的方式来实践艺术活动。让我们（也让他）心意满足的不是他在艺术中找到某个目标、情感、隐喻，而是"人"长久保持的沉默。某种意义上，沉默作为一种终点，为他（也为我们）争取了一种思想的艰深、漫熟、释怀，及描述传神的权利。总是在难得时，野蛮的心才对人有大用处，沈勤田园勾措的恬淡就是这种触动。

　　沉默是他超尘的姿态，凭此他轻松地解除了与现世及创作的种种奴役关系。他持续不断地创造沉默，自在地远离江南的地方，技高一筹地转述、印证江南娇娆的典范和内核——这样的诗意很好，不必阐释。

　　看沈勤水墨像读诗，和读诗一样他的画需要高度专注地观想，在特定意义上，我们和作者一样需要"开放"天然信息，同时更需要必要的"自我封闭"，凝神静默。所以观沈勤水墨也是一种创作，一种专注、涵泳、沉浸的感性和感兴创作。现如今这样的观与作已成了不起的事情，因为我们已经什么也不想看清楚。沈勤的平淡之气是他闲暇的诗，诗意是一种蝴蝶，不是阴沉的食肉兽。幸运的是他让种种庸常的闲暇统统潜越为沈式的沉默剧场——这种沉默、闲暇并不需要从观众那里获得"理解",不需获得价值肯定、担忧和同情;相反,艺术家所要求的是观众的缺席,需要观众不要添加任何东西。沈勤的拒绝显然是"葆有"的一种形式,并悄然无声地为消逝的江南故园捎上一首逆水行舟式的挽歌。这甚或是他傲骨的一个出口——以一种观众看不见的方式,他一直穷尽这一刻。这性命的一刻,有炉火纯青的谐和。

我喜欢他溢出现实、溢出传统、溢出古人的种种余绪。他一直不迎合观众,不去满足任何既成的艺术定规,这也是他看自然看艺术看万物看自己的境地;你怎样看世上万物,世上万物怎样看你。艺术家的高下在此见出云泥。沈勤千百遍染出的单纯要妙浸淫着他自由出入的灵魂情调,那片片山水园林都有自我需求的状态,像他青年时货真价实又无与伦比的纯利刀锋,一定是他独特的东西,他一定是带着我们今天的经验、背景、气息乃至毛病去和古人,和伟大的传统对话,必须放弃有别于真实记忆的心理记忆,把每份个性的情感、思想发挥到极致,以打破传统里陈陈相因的封闭经验;也恰恰是今人经验和古人经验碰撞所产生的矛盾、冲突,才是最迷人的。沈勤的高妙是常把古人读成"活人",读成面对面坐着的、有血有肉的活人笔墨……他始终没有放下人的那颗"自然心",最终也只有这种心才是创作的唯一骄傲;因为艺术说到底,也就

只剩下一颗心了。这种说法好像过于轻描淡写,但在沈勤的世界里我们见着了人的恃立、赤诚和心花怒放。确实是心花怒放,沈勤越是偏题偏离就越给我们带来喜悦和浓郁芬芳。事实也是,像我们年青时的成长,依靠光明,更多的是依靠黑暗;在最深的暗黑中我们遇见光,遇见芬芳,遇见另外更高的境界——所有精神性的东西,一定是在暗黑里被清理过的、干净的、简单的,因为那是真力量。也像一种清扫,清风扫尘埃的那种清扫。

之后,是更深的沉默。

夕拾

沈：我总觉得自己可能是前朝人，真的是满眼衰败。特别是到下午的时候，太阳照在白墙上面，光都发冷，就觉得特别悲哀。我小时候，从南京到皖南这一片，所有的视觉基本上就是黑白的，白墙黑瓦。苏北农村里面生活方式跟汉朝基本没什么差别，其实它跟那个时代还连在一起，但是到了今天全部被拆掉，所有视觉上，不要说精神，就视觉上面的东西都已经荡然无存了。我们这个时代是在一个大断层的时代，我可能是最后一个还有这种视觉记忆的人。

沈：在"'85"的时候大家同样站在一个点，其实大部分人都是往西方看，但我那时候是向回看的，跳过明清向唐宋回望，然后一直到汉。所以那时候特别喜欢往丝绸之路上走。走甘肃这条线的时候，你一想又是法显又是唐僧，然后有各种寺庙都是你很熟悉的，文化的根在这儿。现在回想真的是对我的影响越来越大，我到后来的线条其实都是

敦煌里面的线条。"'85"的时候我就会想,绘画的一套程式其实跟宗教一样,它首先要有一个庙宇,一个空间,一定是把你跟世俗屏蔽掉,我想其实一张画也一定要有一个能把你吸进来的空间的意识。

沈:我工笔画到 1985 年以后就不画了,我们是被"'85"洗脑的人,那时候就想不能重复自己。到了后"89"的时候,就更往抽象走,我觉得一有情节就变得有目的,有目的就有范围,你一往抽象走的时候就无边无际,可以无限的大。我在九十年代做设计的时候会特别喜欢后期印象派到表现主义的东西,画面处理的那种松紧度要比中国画能给你的东西多得多,我想我到后来冲淡设计感其实就是靠后期印象派的那种画法。

凌:你是受西方的很多影响,但是你又是从临摹古画开始的,这两项是如何来融合,或者说进退,或者说抉择?

沈:中国文字就决定你的思维逻辑不会走到那么抽象,所以中国讲似与不似,因为那走不到不似,停留在似又太低级。其实这整个过程我差不多一直走到 2008 年。

凌:你是去繁就简,是做减法?

沈:对。就是一步一步扔。

凌:你做减法,那么细节呢?

沈:我是用墨的层次来做细节。

沈:2012 年以后用了雁皮和楮皮,因为我觉得纸有好多可能。这种纸一碰到水就会有自然的各种褶,肌理就出来了。我会把自己的光线,像宗教的一道圣光,打在特定的空间里面。我会带一点线条,用纯粹的线在里面撑一下。因为我觉得北朝的石雕,厉害的就是那个边缘线,打得干干净净的,像剃刀一样,干干脆脆,一下子人就醒过来了。有弹性的线条、不弯弯绕的线条才是有精神的线条,所以我说一块猪肉永远跟意志联系不到一起,看到锋利的东西你才能想到意志。

沈:我觉得中国画就是江南的艺术,它的气质一定是那儿的。所以中国艺术一定是要颓废的,是要衰败的。我觉得可能真的只有水墨才能和东方的美感特别契合。

凌:很多人会用文本去解释他们的作品,你的画需要解释吗?

沈:西方一直会针对当下现实,他们一直会跟社会发生关系。而东方的东西,一直是离开现实的,它离开现实越远越好。东方艺术是飘在上面看下面的,所以它永远不可能是当代的,是当代就有时间性。所以我说艺术一直分两种,一个是用空间换时间,它可以有很大的空间,有很大的粉丝量,那种很大的市场效应;但是有一种艺术是灵魂的艺术,用时间换空间,这种艺术可能就是从有宗教开始一条线下来,它们永远不会有时间限制。

沈:我自己想说的故事,其实一直是特别中国的,因为我一直在想有没有美感,我觉得有,那我就认定我是这条路上的。特别用了纸以后,我觉得有

很多东西可以再往下做,也还蛮好玩的。我想时间
也不多了,真的不多了,保持精力旺盛、敏感度,还
有冲动在的时间,撑死了可能还有十年。我可能能
做的也就这么一点点了,留下一点点精神的记忆。

> 聆听凌听

　　去西班牙看什么？看毕加索，看达利，看米罗，看戈雅，看维拉斯奎兹……看阿莫多瓦，看罗德里戈的阿兰胡埃斯，看塞万提斯，看冷冰川，看他在巴塞罗那的日子，看他位于繁华的兰布拉大道寓所那两层楼的中国花窗，繁华世中，烟花易冷。

这样的白色空间呈现的水墨江南，和谐而高洁。

周庄的黎明，晨曦，静谧，五点即起，早上的咖啡馆，一束光从老房子的窗格外投射进来，既暖又冷，我们在聊一个人的艺文情致。

遥想窗户外有一片雪景，随后，面对冬天的炉火。

沉思，倾听落叶覆盖下的神秘，韵律，复述之鸟飞翔。

在上帝的手与人类的手之间。

蓝、深蓝、灰蓝、明蓝;贵逸、冷寂、暗潮、自信、执念、
徐累。

每张画,

他是导演,

是谁导演这场戏,

在这孤单角色里,

看不到的才是真正想告诉你的,

等待,徐累、赋格、绽放。

　　秋雨午后白明的画室，从黑茶到白茶，到顶级白氏冰酒。他呈现给我的滋味太多，来不及消化。太喜欢和他聊天，儒雅中带强势，极有态度和风骨。柔软可以柔软到极致，刚硬可以刚硬到极度，画家与画，不止要心手相应。更重要，你是不是个绝不一样的人。别人若隐若现看到他，他的作品。但我的描述再美妙，再坦白，还是不够白——明。

尚扬带我看山，尚扬带我看水，看的不是山不是水，是时间的伤痕、呜咽的奔流、无言的悲悯、诗意的追溯，是流逝、是惆怅，而这惆怅比任何都痛。

我和他的聊天居然是从我翻着他的波罗茨基的《悲伤与理智》他读着他写的诗《兰花草》《飞行梦》开始。诗在这一刻也成了毛焰的火焰。它一点点唤醒激活体内很多沉睡的闭合，我们谈画的话题居然是从我喜爱的希腊画家格利柯开始，到他爱的德拉克罗瓦、戈雅、提香、塞尚，他喜欢该有的绝对，他确定有一种绘画的理想和高度是上帝也给不了的，他相信唯一最好的诠释是非你莫属，他感叹连深沉也变成了假装，他期待绘画的期待是匪夷所思。

何多苓把画室的钥匙丢给我们,这个春天的清晨,我们按下白色按钮堂皇地闯入他的领地。三天满满的拍摄,画面是美丽非凡,留在白夜的最后一句:"打开侧窗,让雨水来,交换音乐。"他吹着口哨插着口袋消失在雨夜。

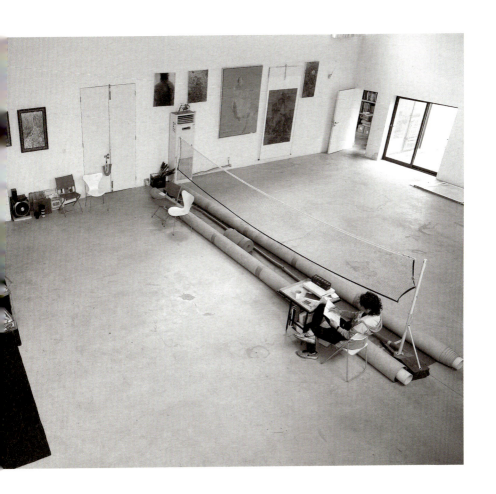

就这样心疼地欣赏你。你抚摸野花枝条的动作，那一刹，
我明了所有的亲昵你早已给了自然，手在大地上书写：

没有其他的葬身之地，

阳光一朵一朵地被刈割。

没有喧嚣，一切得到平静的治愈。

因为我喜欢你是寂静的。

　　和季大纯聊得很愉快。他就可以把不讲理变成合理，把荒诞化成诗意，把匪夷所思变成他的思，直接把一个浓度的东西从容地表达出来，而这个浓度的东西就是他积累的那部分，无论画里还是画外。

　　改变是放弃安全感。没有套路，有严谨的规则。无厘头背后是对绘画本身的敬畏之心。我居然看不到用力，可明知你用尽了全力。

　　光怪陆离精致而繁荣的宋朝，虚薄，带着末世感，幻境有
张力。立夏，风沙漫天。转瞬白色的空间一切又亮起来了。

聆听凌听

凌子

冰川说：梅庵书苑门前的那棵桂花树不在了。

那棵桂花树不在了，听闻，竟有一丝无所依的感觉。第一季第一次凌听的录制在南通，濠河的渔火，文峰塔的钟声，狼山的夕阳，梅庵的月夜寂寂无声，十月桂子飘香。一杯茶一小块素月饼，一次那么深那么浸入的对谈，清冷至暖。

离正式完成《凌听》的第一季十位艺术家的拍摄过去将近一年才开始着手整理文字、视频、音频和图片。

一直诧异，怎么可能在这浮躁繁华的世间，还有那么一群人在一起，任性着时间、情感、精力与生活之外的许多，就为了全力做好这件事，凌听，凌听她和他们。全体策划组对节目的要求就是，挑选的每一位艺术家要有东方根性、当代性、唯一性，而节目是作品、人与所叙述的文字的统一。

从我们的幕后总指挥调度晓燕姐，到总策划冷老师，到主持人我，到总导演刘慧，摄影师周全、李凯等，还有化妆师彦祖，无一不是在拍摄的日子里身兼数职，时刻处于高度备战状态。

凌听的视频采访是和嘉宾面对面的聆听，冰川视角是冷眼旁观的深刻诗性的思考，而凌子手记是对方转过身去声影的记录。

首期嘉宾冷冰川，一个"冷"字，却聊出了性与情的炽热。

杨明义的"义"是真正的传统文人的精神，温和中有着大义的刺。

徐累的"累"亦是离，是人在江湖的"远离"争辩的态度。

白明的"白"是文心读白，亦是独白。

尚扬老师抓了个"荒"字是对世间与精神荒芜的高度悲悯之情。

何多苓一个"独"字是他一个人的美术史。

毛焰一个"焰"是他的燃点冷凝后的墟落与冷洁。

施慧的"慧"在手里，更在时间给她编织的心里。

季大纯"纯"，在画里纯得惊世骇俗、无法无天。

最后一期的沈勤"勤"字是多年孤心造诣的集拙而勤。

有句话："一件事到最后仍保有最初的乐趣，

倘若杯中残酒仍如第一口那般甘甜，生活该有多么幸福。"描述的就是他们这类人吧。

《凌听》的背后有太多的故事，从开始到今天，收到太多真诚的美誉，最值得的"凌听"都在作品里、文字里、节目里。

梅庵的那棵桂花树不在了，但桂子飘香的记忆一直在。

走近你们，最好的方式——凌听。

《凌听》栏目组成员

监制 / 黄晓燕

总策划 / 冷冰川

主持人 / 凌　子

总编导 / 刘　慧

摄像 / 周　全　李　凯

宣传推广 / 肖　戈　景　欣　王家北　李　鹏

网页设计 / 大　策

化妆 / 朱彦祖

鸣谢 / 疏　约　陈彦炜

出品 / 凤凰卫视领客文化

图书在版编目（CIP）数据

凌听 / 冷冰川，凌子编著. -- 上海：上海书店
出版社，2019.8
ISBN 978-7-5458-1841-3

Ⅰ.①凌… Ⅱ.①冷…②凌… Ⅲ.①散文集-中国
-当代 Ⅳ.①I267

中国版本图书馆CIP数据核字(2019)第150704号

责任编辑　彭亚星　何人越
书籍设计　周　晨
特约策划　草鹭文化
特约编辑　张　璋
封面题字　杨明义

凌听

冷冰川　凌　子　编著

出　　版　上海书店出版社
　　　　　（200001　上海福建中路193号）
发　　行　上海人民出版社发行中心
印　　刷　上海雅昌艺术印刷有限公司
开　　本　889×1194　1/32
印　　张　12
版　　次　2019年8月第1版
印　　次　2019年8月第1次印刷
ISBN　978-7-5458-1841-3/I·488
定　　价　268.00元